中公文庫

赤いべべ着せよ…

今邑　彩

中央公論新社

目次

赤いべべ着せよ…

プロローグ

こーとろ、ことろ
どの子をことろ
あの子をことろ
とるならとってみろ
こーとろ、ことろ

歌は小さな廃寺《はいじ》の方から聞こえてきた。

高く澄んだ子供たちの声である。

周囲を欅《けやき》の古木に囲まれた、昼なお暗い、朽ちかけた観音堂の前で、六人の子供が遊んでいた。

いずれも七、八歳というところ。

ピンクのブラウスの小柄な少女の後ろに四人の子供が列をなし、少女と向かいあった、白シャツに紺色の半ズボンの少年が、列の一番後ろの子供をつかまえようとする。少女が両手をひろげて、うしろの子をかばう。その動きにつられて、くねくねと列が右に左に動く。

子供たちがやっているのは、「子とり鬼」という遊びだった。初秋の午後の木漏れ日が、子供たちの日焼けのあとを残した顔や剝《む》き出しの腕にチラチラと白い影を落としていた。

こーとろ、ことろ
子をとって、どうする
赤いべべ着せよ

「ねえ、ちょっと」
歌声は女の声に遮《さえぎ》られた。
子供たちは申し合わせたように動きをとめて、声の方を振り返った。

苔《こけ》むした石段を昇りきったところに、幼女を連れた背の高い女が立っていた。

女は白い日傘をくるくると肩で廻《まわ》しながら、陽炎《かげろう》のようにゆらりと佇《たたず》んでいる。白い顔。白い着物。白い傘。夏の名残りのような白ずくめのなかに、女の微笑《ほほえ》んでいる口元と、しなやかな胴に蛇《へび》のように巻きついた帯締めと、手をつないだ幼女のワンピースだけが、目を射るほどに赤かった。

その背後で七歳ほどの少年が俯《うつむ》いて、怒ったような顔で小石を蹴《け》っている。

「この子たちも遊ばせてくれない？」

女は日傘を廻しながら、哀願するような口調でそう言った。

幼女のおかっぱに木漏れ日が射して、天使の輪を作っている。幼女は無邪気に笑っていた。

子供たちは困ったように互いの顔を見合わせた。もじもじして誰も何も言わない。だが、最初に口を開いたのは、〝鬼〟をしていた少年だった。

「母さんがメカケの子と遊んじゃいけないって」

少年は口をへの字に曲げ、胸を張り、まばたきもせずに、利口そうな目で女を見詰めた。

日傘の回転が止まった。

女の顔から拭《ぬぐ》ったように微笑が消えた。

赤いワンピースの幼女が眉《まゆ》をしかめて母親を見上げた。ぎゅっと握り締められた手が痛いとでもいうように。

空気が凍り付いたような一瞬だった。

「誰がメカケだって？」

女の声は低く凄《すご》みがあった。

「母さんがそう言ったもの」

少年は女の目をまっすぐ見詰めたまま、たじろがずに言った。

しばらく二人は無言で睨《にら》みあっていた。

先に目をそらしたのは女の方だった。

少年の顔から目をそらし、女は自分の足元に視線を落とした。

俯いた眉のあたりによるべのない子供のようなさびしい影ができた。

「入れてあげようよ」

重苦しい雰囲気を和らげるように、おずおずと言ったのは、〝親〟をしていた小柄な少女だった。柔らかそうな赤褐色の髪が抜けるように白い頬《ほお》にかかっている。生まれたての小鹿のような、みずみずしい大きな目をしていた。

誰も何も言わなかった。背の高い少年は少し口を尖《とが》らせて不機嫌そうな表情になったが、黙って頷《うなず》いた。

少女はニッコリ笑って、「おいで」というように、幼女の方に片手を差し出した。

幼い女の子は嬉《うれ》しそうに母親の手を離れた。女は能面《のうめん》みたいな顔のまま、後ろにいた、幼女の兄らしい少年の方を振り向いた。

低い声で一言ふたこと言うと、唇に傷のある少年は細い首が折れたかと思うほどうなだれたまま、左右に首を振った。

女はもう一度、叱《しか》り付けるように何か言ったが、少年は前よりも烈《はげ》しく首を左右に振るだけだった。

「あとで迎えにくるから」

女はあきらめたように、子供たちの方に向き直ると、強張《こわば》った作り笑いをした。そして、少年の背中を軽くつきとばすようにして石段を降りて行った。

もう日傘は廻らなかった。

やがて、呪縛《じゅばく》が解けたように少女が言った。

「いい？　鬼につかまった子が鬼になるんだよ」

赤い服の幼女はこくんと頷いた。少女に促されて、列の一番うしろにくっついた。子供たちは、ゼンマイを巻かれた人形みたいにぎこちなく身動きした。

しかし、まもなく澄んだソプラノの合唱が、何事もなかったように、今は住職もいない荒れ果てた寺の境内を支配した。

古びた観音堂の中では、誰からも忘れられた一体の観音像が、黒ずんだ唇に奇妙な微笑を浮かべて子供たちの歌を聴いていた……。

第一章　帰郷

1

相馬千鶴《そうまちづる》は読んでいた雑誌から目をあげると、ブラウスの袖《そで》をめくって、腕時計を見た。東京からもう二時間あまり。そろそろ夜坂《やさか》に着く頃だ。

大きく伸びをして、読み飽きた雑誌を向かいの空席に投げ出した。その替わりにハンドバッグを取り上げる。中からコンパクトを取り出し、丸い鏡を覗《のぞ》いた。

旅の疲れからか少し顔が青ざめていた。シニヨンにした赤みがかかった髪が頰《ほお》にもつれかかり、長い睫《まつげ》に縁どられた大きな瞳《め》が鏡の向こうから見詰め返す。ワインカラーの口紅が少し剝《は》げかかっていた。

千鶴は口紅を取り出すと、列車の揺れにはみ出さないように、指先に神経を集中して塗り直した。疲れた表情にやや生気が戻った。

脱いでおいたワインカラーのスーツの上着を羽織る。

「もうすぐだから、セーターを着なさい」

窓際に腰かけて外を眺めていた幼い娘に言う。娘の紗耶《さや》は言われるままにのろのろとピンクのセーターを被った。

通路を挟んで斜め前に座っている男がまたこちらを熱心に見ているのに気がついた。さっきからしばしば不躾《ぶしつけ》な視線を投げ掛けてくる。目があうと、さっと視線をそらすが、また熱心に見詰める。

こういう経験ははじめてではなかったが、千鶴はやや不快に思いながら、娘の頭ごしに車窓の景色を眺めた。

あたりは山々に囲まれて、その麓《ふもと》の谷間に、屋根瓦《がわら》を十月の午後の日差しに輝かせた鄙《ひな》びた町並がなだらかに続いている。

二十年ぶり。

この景色を見るのも二十年ぶりだわ。

千鶴は溜息《ためいき》の出る思いで目を細めた。

二十年以上も前、ちょうど今の紗耶くらいのときに、母に連れられて、こうして車窓を眺めたことがある。

ああ、わたしはあのときの母と同じことをしているのだ……。

千鶴はそんな感慨にとらわれた。

東京で結婚した母が夫と死別し、幼い千鶴を連れて、実兄を頼って、故郷の夜坂に帰ってきたのが、千鶴が六つか七つのときだった。

あのとき、母はまだ三十前だった。今のわたしが二十九。母もそのくらいだったにちがいない。故郷に帰るとはいえ、さぞ不安だったろう。

母が幼い娘を連れてどんな思いで列車に揺られていたか、今の千鶴には痛いほど分かった。

しかし、母子は夜坂にそう長くはいなかった。その翌々年には、二人はまた車窓の人となって、東京に戻ってしまったのである。

今思えば、やはり、生まれた家とはいえ、兄嫁がすでに実権を握っていた実家は母にとってけっして住み易いものではなかったのだろう。

その後、母は望む人があって東京で再婚した。千鶴が高校に入った年だった。小さな町工場を営む人で、気の好《い》い人だったが、千鶴はどうしても「お父さん」とは呼べなかった。嫌いではなかったが、心の底からなじめるものがなかったのだ。

それでも、ずいぶん良くしてもらい、大学にまで入れてもらった。大学二年の夏、母がすい臓癌《がん》で他界した。それから半年もしないうちに、母の二度めの夫だった人は再婚した。

相変わらず、千鶴にはよくしてくれたが、かろうじてつながっていた母という絆《きずな》が切れたことから、次第に行き来がなくなった。

それでも、大学の学費は出してくれたし、毎月、生活費は必ず千鶴の銀行口座に振り込まれていた。物質的な面倒はまめに見てくれる人だった。だが、それも、その人の再婚相手に子供が生まれた頃から、だんだん滞《とどこお》りはじめていた。精神的なつながりは完全に切れたといってよかった。

もともと心のより所にしていた人ではなかったので、そんなにそのことを寂しいとは思わなかった。

大学三年の秋、千鶴はひとりの男と知り合った。まるで神さまが母を奪った埋め合わせをするように、母に代わる人を千鶴に与えてくれたのである。

それが夫の相馬高彦《たかひこ》だった。知り合った頃、高彦はすでにある大手建築会社の技師だった。最初は学生かと思うほど若々しく見えたが、千鶴とは年が十あまりも離れていた。

高彦も早くに両親をなくし、親戚中をたらいまわしにされて、大学もアルバイトをしながら自力で出たのだという。天涯孤独の身の上だった。

そういった境遇の相似《そうじ》、無口で無骨だが暖かみのあるバイタリティ溢《あふ》れる性格にひかれて、大学を卒業するのを待つようにして結婚した。

すぐに紗耶が生まれ、千鶴は家庭に入った。それが家族に恵まれなかった高彦のたっての願いだったからだ。

生まれた娘は誰に似たのか、やや手のかかる子供で、それに悩まされたことを除けば、高彦との結婚生活は、幸せそのものと言ってよかった。

苦労人で年の離れた夫は、父親を早くになくした千鶴にとって、単なる配偶者というだけの存在ではなかった。父であり兄であり、そして結婚したのちも恋人であり続けた。

しかし、安定も幸福も七年足らずで唐突に終わりを告げた。高彦が仕事場で不慮《ふりょ》の事故に遭《あ》って死んだのだ。千鶴にとって、それはまさに青天のヘキレキだった。

母のときは、癌《がん》ということが知らされていたから、それなりの心の準備をして迎えた死だった。

でも、高彦のときはあまりにも突然だった。若いときから体を鍛えていたので、父や母のように病死される心配だけはなさそうだと、たかをくっていた矢先だった。思ってもいなかったことだけに衝撃が強すぎた。

それでも、やっと心神喪失のような状態を抜け出して、将来のことを考える余裕が生まれた頃、幼い娘を抱えたこれからの生活がけっして生やさしいものではないことを思い知って、千鶴は打ちのめされた。

高彦がローンで買ったマンションがあったし、保険やら蓄えやらですぐに路頭に迷うということはなかったが、いずれ働きに出なければならなかった。

が、七年あまり専業主婦をしていた上、大学といっても文学部出身の千鶴にすぐに働き口はなかった。

ようやく大学時代の友人のつてで小さな美術出版社に職を得たのもつかの間、鍵《かぎ》っ子にしておいた紗耶が次々と問題を起こしはじめた。

学校が終わっても母親のいない家に帰るのが厭《いや》なのか、遅くまで外をほっつき歩いて、警察の厄介になったりすることが一度や二度ではなかった。

紗耶の面倒を見てくれるような家政婦を雇ってもみたが、みんな手を焼いて、三日ともたない。それに、いつまでも家政婦を雇っていられるような経済的余裕もなかった。

かといって、一人にしておいたら、何をしでかすか分からない娘だった。

そう考えるとおちおち仕事も手につかず、職場から煙たがられるようにもなった。それとなく上司から退職をほのめかされたりもした。

ほとほと弱りはてていた頃、ひょんなことから、それまで音信不通になっていた、いとこの一雄《かずお》から電話があった。一雄は母の兄の一人息子だった。千鶴は恥も外聞もなく、窮状を訴えた。

気の良い一雄はそれならばいっそ住みにくい東京を離れて、夜坂に来ないかと誘ってくれたのだ。伯母もぜひにと言ってきた。仕事の方がうまく行っていたら、けっして心動かされる話ではなかったが、千鶴は疲れはてていた。誰かにすがりつきたい思いでいっぱいだった。

それに、高彦と暮らした思い出の染み付いた東京を離れたいという気持ちにもなっていた。どこかのんびりとした田舎町で暮らしたい。そんな弱気な気持ちになっていた。

いや、それだけではなかった。子供の頃ほんの二年ほど住んだだけの町なのに、帰ってみたいと無性に思うものがあった。何かが、自分の心の奥底にある何かが、「帰れ」としきりにささやいた。

千鶴は決心した。マンションを売り払うと、紗耶を連れて東京を離れたのだった。

これから伯父の家でどんな生活が待ち受けているのだろう……。

期待と不安を同時に抱きながら、千鶴は思った。

そのときだった。

「あのう、失礼ですが」と男の声に呼び掛けられたのは。

2

声をかけてきたのは、通路を挟んで斜め前に座っていた男だった。

さっきから、千鶴の方に幾度となく不躾《ぶしつけ》な視線を投げ掛けてきた馬面《うまづら》の男である。

男は腰を浮かすと、千鶴の前の席まで移動してきた。

千鶴はただびっくりして男の顔を見詰めていた。

見覚えのない顔だった。

まだ三十そこその年齢だろうが、すでに額のあたりが禿《は》げあがっている。霞《かす》んだような薄い眉《まゆ》の下で、三白眼《さんぱくがん》が興奮を押えきれないように輝いていた。

「間違っていたらごめんなさい。あなた、チイちゃん——いや、柏木千鶴さんじゃありませんか」

男は身を乗り出すようにして訊《き》いた。熱のこもったささやき声だった。

柏木は千鶴の旧姓である。誰かと間違えられたわけではないらしい。

千鶴がいぶかしげに頷《うなず》き、「今は相馬といいますけれど……」と言うと、馬面の男の視線が素早く千鶴の左手の指輪に落ち、その目にかすかな失望の色が走った。

「相馬さん？　ああ、そうか。そうですよね。結婚されたわけだ……」

男は自分に言い聞かせるように呟《つぶや》いた。

「あのう、あなたは？」

千鶴は訊き返した。紗耶は大きな目を見開いて、もの珍しげにじっと男を見ていた。

「覚えてませんか、ぼくですよ」

男はぐいっと馬面を寄せてきた。千鶴はいきなりアップになった男の顔をそれとなく避けながらも、目は離さなかった。

男の顔に見覚えはなかったが、煙るように薄い眉のあたりに、かすかに記憶を刺激されるものがある。

この眉。薄い、お地蔵さまのような眉。こんな眉をしていた少年に昔会ったことがある……。

「裕司《ゆうじ》ですよ。土屋《つちや》裕司。子供の頃、よく遊んだじゃないですか」

男はもどかしげに言った。

「裕司……。あ」

千鶴は小さく叫んだ。昔の記憶が蘇《よみがえ》ったのである。土屋裕司。通称、ユウちゃん。

夜坂で知り合った幼なじみの一人だった。

記憶のなかにある土屋裕司は、はちきれそうな頰《ほ》っぺたをした、太った、内気な少年だった。煙るように薄い眉だけが子供の頃の面影をかろうじて残している。

「ユウちゃん?」

「そうです。そうです。思い出してくれましたか」

土屋裕司は嬉《うれ》しそうに何度も頷《うなず》いた。

「やっぱりチイちゃんだったのかあ。さっきからまさかって思ってたんだけど」

裕司はあらためて千鶴の頭のてっぺんから足の先までじろじろと見回した。

「きみ、ちっとも変わってないよ」

感心したように言う。口調が急にぞんざいになった。

「まさか。二十年もたったのよ。変わらないわけないでしょう」

千鶴は苦笑した。

「いや、本当に。お世辞じゃなくて。チイちゃん、子供の頃からすごく奇麗《きれい》だったもの」

裕司は大まじめな顔で力説する。

千鶴は笑うだけで取り合わなかった。

「そうかあ。二十年か。もうそんなになるのか。チイちゃんが突然東京へ行ってしまった日のことは今でも覚えているよ。忘れっこない。引っ越すなんて聞いてなかったから、大ショックだった」

「母の都合で急に決まったものだから、お別れも言えなくて……」

「もしかして、お嬢さん？」

裕司はやっと紗耶の方に関心を向けた。

「そうなの。さやって言います」

千鶴は車窓のガラスに指文字で「紗耶」と書いた。

「紗耶ちゃんか。可愛《かわい》いな。小さいときのチイちゃんにそっくりだね。幾つ？」

裕司は紗耶に猫撫《ねこな》で声で訊《き》く。紗耶はやや無愛想な口調で、七つと答えた。

「夜坂に行くんだろう？」

裕司は網棚のスーツケースをチラと見上げて、ある種の期待をこめた目で言った。

千鶴は頷いた。

「しばらく、伯父の家に厄介になろうと思って」

その言葉の意味を探るような目付きをしていたが、土屋裕司は思い切ったように、

「ご主人は？」と訊いた。

「主人はなくなったの。去年、事故で……。それで」

「それはお気の毒に」と付け加えた。

土屋裕司の目が一瞬輝いた。が、その輝きは、抜きかけた白刃《はくじん》を鞘《さや》におさめるような慎重さですぐに目から消えた。その代わりに、まじめくさった顔になると、「それはお気の毒に」と付け加えた。

「それじゃ、当分、こちらに？」

「ええ。しばらく伯父の家に厄介になって、何か仕事を見付けようと思ってるの」

「それはいいや。みんな喜ぶよ。いや、その、ご主人がなくなったのに喜ぶなんて言ったら不謹慎だけど」

「みんな？」

「覚えてない？　よく遊んだ仲間がいたじゃないか。高村滋《たかむらしげる》、深沢佳代《ふかさわかよ》、松田尚人《まつだなおと》、山内厚子《やまうちあつこ》。みんな、集まるといまだにチイちゃんの噂《うわさ》をしているんだよ。今頃、東京でどうしてるかなって」

高村滋。深沢佳代。松田尚人。山内厚子……。

千鶴の記憶が少しずつ鮮明になっていく。

そうだ。おぼえている。シゲルくん、カヨちゃん、ナオくん、アッちゃん……。

みんな、仲良しだった子たちの名前だった。

「覚えてるわ……」

千鶴は心のなかに再生されたセピア色の過去をみつめながら呟《つぶや》いた。

とりわけすぐに思い出したのが、高村滋だった。お父さんが小学校の校長先生をしていた高村滋。背の高い、おとなびた優等生だった。いつも千鶴に親切にしてくれた。兄のように頼もしい存在だった。淡い初恋の相手でもある。

「みんな、まだ夜坂にいるの？」

「進学や就職で一度は町を離れても、結局みんな帰ってきた。おれも大学出てしばらく東京で暮らしてたんだけど、おやじが死んだのを機に戻ってきたんだ。おふくろの面倒を見るためにね。でも、そのおふくろも去年死んだよ。今、女房と二人で喫茶店をやってるんだ」

土屋裕司は聞かれもしないのに喋《しゃべ》りはじめた。

「女房のやつ、これでさ、さ来月生まれるんだ」

裕司は自分の腹に片手で山を描く真似をした。

「今、実家の方にいるんだよ。今日はそこへ寄った帰りなんだ。でも、まさか、帰りの列車のなかで、チイちゃんに会えるなんて夢にも思っていなかったよ」

裕司は感慨深げにもう一度そう言うと、千鶴の顔をまじまじと見詰めた。

「みんな、元気？」

千鶴は目の前の幼なじみの熱心すぎる視線を避けて、言った。

「うん。元気だよ。みんな結婚して、今では紗耶ちゃんくらいの子供のパパやママになっている。でも」

土屋裕司の顔がふっと曇《くも》った。

「去年、ひとつ不幸があった」

「不幸？」

「うん。高村の子供が死んだんだ。みちるちゃんって三つになる一人娘だった。可愛い子だったのに」

「病気？」

「いや、そうじゃない……」

裕司は暗い表情になって言い澱《よど》んだ。

「事故かなにか？」

そうたずねながら、千鶴の胸は厭《いや》な予感でざわめいた。

「いや――新聞にも載ったはずだが？」

裕司はやや呆《あき》れたような顔で訊《き》いた。

「いつ頃のこと?」

「去年のちょうど今頃だよ……」

去年のちょうど今頃といえば、高彦が突然の死をとげた直後で、千鶴は心神喪失のような状態に陥っていたときだった。バラバラになってしまった自分の心を拾い集めるのに精一杯で外界のことになど気がまわらなかったときだ。

「殺されたんだよ……」

裕司は唇を舌でなめると、思い切ったように言った。

「殺された?」

千鶴は目を見開いた。

「首をしめられて」

裕司はさらに声をひそめた。

「首をしめられて……」

千鶴がボンヤリと繰り返した。記憶のなかで何かがかすかにうごめいた。

小さな女の子が首をしめられて……。

「ねえ、チイちゃん。あのことを覚えていないか?」

曇った表情のまま黙って窓の外を見ていた裕司がふいに言った。

「あのこと?」

「二十二年前のことだよ。おれたちがよく遊んだ廃寺があっただろう」

千鶴の心臓がドキンと鳴った。記憶のなかでうごめいていた何かが鮮烈なイメージになって浮かび上がった。

あのこと。住職もいない朽ち果てた寺の暗い境内。古びた観音堂。六人の子供。ある童歌《わらべうた》。赤いワンピース。そして、闇夜《やみよ》に見た、あの夜叉《やしゃ》の顔……。

「覚えてないか。あの寺のなかにあった古井戸に、首をしめられて投げ捨てられていた女の子のことを……」

3

あれは千鶴がちょうど紗耶くらいの歳の頃だった。七つになったかならぬかの、初秋の日だった。

いつも遊び場にしていた廃寺の観音堂の前で、千鶴たち六人の子供は、「子とり鬼」をして遊んでいた。そのとき、白い着物を着た背の高い女が現れた。女は、幼い娘を一緒に遊ばせてやってくれと言った。

赤いワンピースを着た三つになる女の子だった。名前をルリ子といった……。

千鶴は思い出していた。あの日、女からルリ子を預かった後、千鶴たちはしばらく境内で遊んでいたが、そのうち、誰かが、そうあれはたしか滋だった。川へ行って遊ばないかと言い出したのだ。

五人の子供たちは競うようにして寺の石段を駆け降りた。千鶴はルリ子も連れて行こうとしたが、幼い女の子は泣いてその場を離れようとしなかった。先に石段を降りて下で待っていた滋たちの「早く」という声にせかされて、気にかかりながらも、ルリ子を残して石段を駆け降りてしまった。

そして、それっきり幼女のことは忘れてしまった。

翌日になって、ルリ子の扼殺《やくさつ》死体が境内の古井戸のなかから発見されるまで……。

「あの事件がどうしたの？」

千鶴は暗い過去を振り払うように言った。

「似ているんだよ。あのときの事件に……」

「まさか、みちるちゃんて子も、あの古井戸の中から？」

裕司が頷《うなず》いた。

「ああ。首をしめられて殺されたあと、投げ込まれたらしいんだ」

千鶴はわけもなくぞっとした。ブラウスの下の腕にさっと鳥肌がたつのを感じた。

「あの井戸はみちるちゃんの遺体が発見されたあと、すぐに埋められてしまったが……」

「それで、犯人は——つかまったの？」

千鶴は掠《かす》れた声でたずねた。

「いや。もう一年になるというのに、手掛かりすらないありさまなんだ。あんなことをするのは人間じゃないよ。とてもこの町の住人の仕業《しわざ》とは思えない。通りすがりの変質者の犯行に違いないよ。でも、このままだと二十二年前のように迷宮入りになってしまうのかもしれない」

裕司は首を振った。

「まさか、あのときの犯人がってことは？」

ルリ子を殺した犯人は結局つかまらなかった。もし、あの犯人が町の人間で、二十二年間押えてきた暗い衝動に再び襲われたのだとしたら？

そんな考えが千鶴の頭をよぎった。

「それはないと思うが……。だって、二十年以上もたっているんだぜ。ただ、似ているのはそれだけじゃないんだ。みちるちゃんが殺された状況というのが、おれたちのときとそっくりなんだよ……」

声をひそめて、土屋裕司は一年前の事件の概略を語った。

その日、高村みちるは、年上の三人の子供たちと、例の観音堂のそばで遊んでいたのだという。そのうち、年上の子供たちは、足手まといになる幼いみちるをおいて他の場所に遊びに行ってしまった。

やがて、子供たちは幼女のことなど忘れて遊び疲れるとそのまま家に帰ってしまった。みちるの母親が、娘の帰りが遅いと騒ぎはじめたのは日が落ちかけた頃だった。方々《ほうぼう》探したあげくに、翌朝になって、寺の古井戸の中から冷たくなった子供の遺体が発見されたのだという。

「そんなひどい……」

「まったく惨《むご》い事件だった。みちるちゃんの遺体が発見されたときの、郁江《いくえ》さんといったら見ていられなかった。あのしっかりした人が狂ったように泣き叫んでさ。無理もないよ。みちるちゃんはかなりの難産で生まれてきたって話だったし、そのせいで、郁江さんは二人めには恵まれない体になっていたらしいからね」

千鶴の脳裏に、ひとりの女の顔がとつぜんよぎった。二十二年前の闇夜《やみよ》に見た恐ろしい夜叉《やしゃ》の顔だった。

あれはルリ子の遺体が発見されて数日たった夜だった。家の者が寝静まった深夜、ドンドンと烈《はげ》しく表の戸を叩《たた》く音に、玄関に一番近い部屋に寝ていた千鶴と母の喜美《きみ》が真っ先に目を覚ました。布団から起き出して玄関に出てみると、ガラス戸に女の影が映っていた。母が戸を開けると、白い経帷子《きょうかたびら》みたいな着物を着たあの女が立っていた。真っ青な顔に髪を振り乱し、裸足《はだし》のままで。

女は母の後ろに隠れていた千鶴にむかって叫んだ。

「おまえがルリ子を殺したんだ」と。

女の開いた赤い口には底知れぬ闇が詰まっていた。

騒ぎを聞き付けて起きてきた伯父に取り押えられ、外に追い出されるまで、女は千鶴に呪詛《じゅそ》の言葉を浴びせ続けた。

あとで聞いた話では、女が訪れたのは千鶴のところだけではなかった。

あのとき境内で遊んでいた六人の子供たちの家を全部まわって同じことを言ったのだという。

「おれはさ、年寄り臭いこと言うようだけど、因果のようなものを感じてしようがないんだ」

「因果?」

「うん。二十年もたっているんだから、あのルリ子って子とみちるちゃんを殺した犯人が同一人物とは思えないんだけど、でも、なにか昔の事件とつながりがあるような気がしてならないんだ。だって——」

裕司は続けた。

「みちるちゃんと遊んでいた三人の年上の子供たちというのが、誰だったと思う？　偶然にも佳代と尚人と厚子の子供たちだったんだよ」

4

夜坂の駅に降り立った千鶴はその変わりように目を見張った。千鶴の記憶では、駅はもっと小さく、駅周辺ももっと鄙《ひな》びた印象があったのだが、今では、駅周辺にはデパートやスーパーのビルが立ち並んでいる。

それでも、駅前の通りを少し入れば、その昔、山麓《さんろく》の宿場町として栄えていた頃の面影が、半ば崩れかけた白壁の土蔵や黒ずんだ格子窓の家々に名残をとどめていた。

千鶴は土屋裕司と駅前で別れると、そこからバスに乗った。伯父の家は、バスで二十分ほど行ったところにあった。

駅周辺は様がわりしていたが、伯父の家があるあたりは二十年前と少しも変わっていないように思えた。

最寄りのバス停から伯父の家まで歩く細道の途中に、赤い頭巾《ずきん》によだれ掛けをまとった小さな地蔵――ひどく古いもので、人々が撫《な》で回したせいか、鼻が欠けていたので、鼻欠け地蔵さんと呼ばれていた――が立っていたが、それは今でも立っていた。

伯父の家も変わってはいなかった。

柊《ひいらぎ》の生垣《いけがき》も、紫陽花《あじさい》の植わった前庭も、引き戸を開けると、鈴の音のする昔風の玄関も、そして、玄関先に重なるように置かれた子供用の自転車も……。

軒下に吊《つ》された季節はずれの南部風鈴がチリンと鳴るのが聞こえる。

あのときとなにもかもが同じだ。まるで二十年という歳月が嘘《うそ》だったような気がした。

紗耶の手を引き、スーツケースを提げた千鶴は、なんだか濡《ぬ》れない雨のなかをずっと歩いてきたような不思議な感慨を味わっていた。

あのときも、わたしは母に手を引かれて、この家の前に立ったのだ。そして、二年後、後ろを振り返りながらこの家を離れた。母は昂然《こうぜん》と頭をあげて、一度も振り返りはしなかった……。

時は残酷で優しい。

千鶴はふとそう思った。

時はあらゆる傷を癒《いや》す優れた医術者であると共に、すべてを滅ぼしつくす恐ろしい破壊者なのだ……。

「なかに入らないの？」

門前で足が竦《すく》んだように立ち尽くしている若い母を見上げて、紗耶は無邪気な目でたずねた。

「え？」

千鶴はいっときの感傷からはっと我に返った。

「入るわよ。ここは紗耶のおばあちゃんの生まれた家だもの」

千鶴は幼い娘に言い訳するように呟《つぶや》いた。

足を一歩踏みいれたとき、玄関の磨りガラスの引き戸に人影が射し、戸が鈴の音とともに中から開けられた。

靴を引っ掛けるようにして、中学生くらいの丸坊主の少年が出てきた。踵《かかと》を踏み潰《つぶ》したまま、少年は自転車の鍵《かぎ》をはずそうとかがみこむ。

一雄さん？

千鶴は少年を見て軽いめまいを覚えた。一瞬、従兄《いとこ》の一雄かと思ったのだ。千鶴がこの家に厄介になっていた頃、伯父の一人息子の一雄は中学二年だった。

少年は一雄に瓜《うり》ふたつだった。この少年は一雄の子供に違いない。

声をかけようとすると、少年はチラと横目で千鶴たちを見ただけで、疾風のごとく自転車に飛び乗って出て行った。

あっけに取られて見送っていると、中から年老いた女の声がおろおろと、「これ、嵩《たかし》」と追い掛けるように聞こえてきた。

見ると、玄関のあがりかまちのところで、下着の裾《すそ》をスカートからはみ出させた、でっぷりと太った六十年配の女が立っていた。

その女と目があった。

「千鶴――ちゃん？」

千鶴はその初老の女が伯母の妙《たえ》であることにしばらく気が付かなかった。

「来るのは明日だって思ってたから、迎えにも行かないで……」

伯母は弁解するようにくどくど言いながら、玄関近くの四畳半の戸を開けた。

「狭くて申し訳ないけど、しばらくこの部屋使ってね」

この北向きの部屋は、昔、母と住んでいた部屋だった。壁の染みも、夏でも薄暗く寒々としたところも昔のままだった。

昔と違うのは、鏡台と飾りのない簞笥《たんす》だけだった部屋に、勉強机と子供用のベッドが置いてあることだった。さっきの少年の部屋ではないらしい。赤いランドセルが置いてあった。女の子の部屋らしい。

「あれ、まだ片付けてないよ」

伯母は舌うちすると、大声で、「晴子《はるこ》さん、晴子さん」と奥に呼び掛けた。「はあい」と、声がして、三十半ばの痩《や》せた女がエプロンで手を拭《ふ》きながら出てきた。

「美保《みほ》の部屋がまだ片付けてないじゃないか。千鶴ちゃんの部屋にするって言っといただろ」

伯母はぶつぶつと言った。

「あら、千鶴さんたちいらっしゃるの、明日じゃありませんでしたっけ」

晴子は白目がかった目でジロリと千鶴を見ると、不満そうに口をとがらせた。小皺《こじわ》に埋もれるように光った鋭い目が、昔の伯母を思わせた。

「なんでもいいから早く片付けておくれよ」

伯母は面倒くさそうに言ってから、「一雄の嫁の晴子ですよ」と簡単に紹介した。

「はじめまして。なんのおかまいもできませんけど、ゆっくりしていってくださいね」

晴子は口だけで笑いながら、軽く頭をさげた。

千鶴には、「ゆっくりしていってくださいね」というお愛想が、かえって「身内ではなく、客として扱うから」と暗に言っているような気がした。

夕方、市役所に勤めている一雄が帰ってくるのを待ち兼ねるようにして、夕食の膳《ぜん》が囲まれた。一雄の小学校六年になる娘の美保が、「お正月みたい」と歓声をあげたほど、食卓にはごちそうが並べられていた。

もっとも、この晴れがましい接待も三日続けばいいほうかもしれないと千鶴は内心思っていた。

家の外見こそ昔とあまり変わっていないように見えたが、やはり二十年という歳月は住む人間の方に見えない猛威を奮っていた。

もともと気の良いおっとりとしたところのあった伯父は、まだ七十にもなっていないのに、好々爺《こうこうや》を通り越して、半ボケのような状態になっていた。

口の悪い孫娘になぶりものにされながら、ただニコニコと相好《そうごう》を崩している。

子供の頃から千鶴に優しかった一雄は、やはり父親譲りの気の弱そうな平凡な中年男になっていた。

しかし、一番変わったのは伯母かもしれない。昔は今の晴子のように痩《や》せて、物言いも態度ももっと刺々《とげとげ》しい人だったような記憶がある。

それが今ではでっぷりと贅肉《ぜいにく》がついて、贅肉の分だけ人間が丸くなったようにみえる。

スペードのように尖《とが》っていた顎《あご》が今では二重になって福々しくみえた。

歳のせいか、涙もろくなって、昔の話をしては目頭を拭《ふ》く。夫同様、たわいのない老女になりさがっていた。

5

紗耶を連れて湯殿から出てくると、茶の間の電話が鳴っていた。受話器を取ったらしい晴子の声が廊下まで筒抜けだった。

濡《ぬ》れた髪を拭きながら、ふすまが開いたままの茶の間の前を通りすぎようとすると、受話器を手にした晴子が、「千鶴さん、あなたによ」と呼び掛けた。

千鶴は紗耶だけ部屋に行かせて茶の間に入った。茶の間には伯母と一雄が向かいあって茶を啜《すす》っていた。

晴子から受話器を受け取り耳にあてる。

「もしもし？」

「チイちゃん？」

男の弾んだ声が耳に飛び込んできた。

「おれだよ。土屋裕司」

「ああ、昼間はどうも……」

「あれから滋や他のみんなにもチイちゃんが帰ってることを知らせたら、みんな会いたいっていうんだ。それで、おれの店で歓迎パーティでも開こうってことになったんだが、明日の午後六時、都合つくかい？」

「でも、そんな悪いわ……」

「いいんだよ。遠慮しなくて。どうせ、月に一度は集まってワイワイやってる仲なんだから」

「午前中は紗耶の転入する小学校に挨拶《あいさつ》に行ってこなければならないけど、夕方なら行けると思うわ」

「うん。じゃ、明日の六時。待ってるから」

土屋裕司は念を押すように言って電話を切りそうになったが、

「あ、そうだ。ところで、仕事探してるって言ってたね？」

と慌てて言った。

「ええ」

「見付かったの？」

「いいえ、まだ。一雄さんに頼んではあるけれど……」

高彦の保険金や多少の蓄えで、しばらくはなんとかなるが、幼い娘を抱えて、そうそうのんびりもしていられない。

それに専業主婦らしい晴子や伯母と一日中顔つきあわせてすごすというのもぞっとしなかった。

「よかったら、うちの店を手伝ってもらえないだろうか」

裕司は唐突にそう言った。

「店を？」

「いや、ずっとというわけじゃないんだ。良い働き口が見付かるまでで。なんせ女房がいないもんだから手が足りなくてね」

「でも――」

「難しいことなんか何もないよ。コーヒーをいれたり、簡単なサンドイッチでもつくってくれればいいんだ。手のこんだやつはおれがやるし。いままで主婦してたんだから、そのくらいできるだろう？」

裕司がからかうように訊《き》いた。

「ええ、そのくらいなら。料理にはあまり自信がないんだけれど、コーヒーをいれる腕はちょっとしたものよ。主人がコーヒーにはうるさい方だったから――」

千鶴が言いかけて口をつぐんだ。

「だったら言うことないよ。それに女の人がいるだけで店の雰囲気が華やかになるからね。ましてチイちゃんのような美人なら、客は倍増間違いなしだ」

電話の向こうで裕司は笑った。

「で、いつから来てくれる？　あさってからでもどうかな」

「わたしの方は構わないわ。ただ――」

千鶴は言い澱《よど》んだ。

「夜は困るわ。娘の世話があるから」

「店を閉めるのは八時だけど、いいよ、昼間だけでも。そうだな、午前十時から午後四時までってのはどう？　これなら紗耶ちゃんの面倒もみれるだろう？」

「それでいいなら、喜んで……」

「よし決まりだ。じゃ、また明日」

弾んだ声でそう言って、今度こそ電話は切れた。

「誰から？」

受話器を置くと、茶を啜《すす》りながら聞き耳をたてていたらしい伯母がすぐに訊《き》いた。

茶の間にはいつのまにか晴子はいなくなっていた。

「土屋裕司さん。ほら、子供の頃よく遊んだ、ユウちゃん……」

「ああ、今、喫茶店をやってるという?」

伯母はもうひとつ湯呑《ゆの》みを出すと、それに急須《きゅうす》を傾けた。

「ええ。昼間、ここへ来る列車の中で偶然会ったんです」

「で、なんだって」

昔より人間が丸くなったとはいえ、詮索《せんさく》好きなところは変わっていなかった。目を光らせて聞いてきた。

「明日、わたしの歓迎パーティを店で開いてくれるんですって。滋さんや佳代さんたちも招んで」

「あらそう。それはよかったね――」

伯母はそう言って笑いかけたが、ふと思い出したというように声をひそめて、

「そうそう、高村の滋さんて言えばねえ、去年、大変なことがあったんだよ……」

伯母の皺《しわ》に埋め込まれた細い目には、人が他人の不幸を語るときに見せる、鹿つめらしい表情とは裏腹の、獲物を見付けて舌なめずりしている動物のような色が底光りしていた。裕司から聞いた、みちるという娘のことだなとすぐに察しがついたが、千鶴は黙

っていた。

案の定、伯母が語ったのはあの話だった。

「……あんなことがうちの孫たちの身にふりかかったらと考えただけでぞおっとするよ」

伯母はそう言って寒気がするというように、単衣《ひとえ》の腕をさすりながら身震いした。

「高村の奥さんも気の毒にねえ。目のなかに入れても痛くないほどかわいがっていた孫があんな死に方をしたせいか、そのあと患《わずら》ってしまって、半年もたたないうちになくなったんだよ」

伯母の言う「高村の奥さん」というのは、滋の母親のことだろう。

「犯人の目星はまだつかないの？」

千鶴が訊《き》くと、伯母は湯呑《ゆの》みを両手で抱いたまま首を振った。

「どこかの変質者の仕業だろうって言われてるけど……」

伯母はそう呟《つぶや》いて黙ったが、ふいに言った。

「もしかしたら、あの観音様の祟《たた》りなのかもしれないねえ……」

「観音様の祟り？」

「あそこの観音堂に祭ってある観音様さ。あれは子とり観音といって、ここがまだ村だった頃には村の人から信仰されていたんだよ。だけど、あの寺の住職がなくなって、他にもっと大きな立派な寺が出来てからは、もう誰からもかえりみられなくなってしまってね……」

「そういえば、そんな話、昔、おばあちゃんから聞いたことがあるわ」

千鶴は言った。千鶴が母とこの家にいたころ、まだ祖母は生きていた。

「あの観音様には恐ろしい言い伝えがあるんだよ……」

「その話なら俺《おれ》もばあちゃんから聞いたことがあるよ。一種の鬼女伝説だろう?」

それまで黙って茶を啜《すす》っていた一雄が口をはさんだ。

「インドに鬼子母《きしも》伝説というのがある。他人の子供をさらっては食らっていた夜叉の娘が、お釈迦《しやか》さまに我が子を隠されて、自分の罪深さを悟り、それからは安産と育児の護り神になったという話だ。

子とり観音の話はちょうどこれと逆なんだよ。鬼に我が子を食い殺された女が、悲嘆のあまり、自らが鬼となって、他人の子供をさらってきては食べるようになるという話なんだ……」

一雄は祖母から聞いたという話をした。

頃は平安末期。女の名は桜姫《さくらひめ》。京の公家《くげ》の娘だった。長く艶《つや》やかな髪に、なよやかな手足をした、絶世の美女だったという。

京で起こった政争に巻き込まれ、後ろ盾だった親と夫をなくした桜姫は、乳母と二人で京をのがれてこの地まで逃げのびてくると、小さな草庵《そうあん》を結んで住みついた。

桜姫は身ごもっていた。月満ちて、姫は女の子を生んだ。赤ん坊はすくすくと育って、愛くるしい幼女になった。ところが、ある日、姫と乳母が庵を留守にした折り、その頃、このあたりに出没していた鬼に娘をさらわれてしまった。

姫は髪振り乱して、我が子の行方を探し求めた。そして、ついに、鬼の住家と言われていた岩屋にたどりついた。鬼は留守のようだった。おそるおそる中を覗《のぞ》いてみると、赤い着物を着て、暗がりの中に横たわっている我が子の白い顔が見えた。子供はポッカリと目を開けていた。やれ、間に合ったか、生きていたかと姫は嬉《うれ》し涙をこぼしながら、我が子のもとにこけつまろびつ駆け寄った。

ところが、我が子を抱き起こそうとした姫は凄《すさ》まじい悲鳴をあげた。娘は赤い着物を着ていたのではなかった。腹を裂かれ、臓腑《ぞうふ》を食い荒らされたあとの血まみれの身体《からだ》が、まるで赤い着物でも着ているように見えただけだった——。

「千鶴ちゃん、このあたりに伝わる『子とり鬼』の歌の中に、『子をとって、どうする。赤いべべ着せよ』ってあるのをおぼえてる？」

一雄が思い出したように言った。

「そういえば……。あれ、子供の頃は意味も分からないで歌っていたけど、まさか――」

千鶴ははっとして一雄の顔を見た。

「赤いべべ着せるってのは、そういう意味なんだよ……」

一雄は呟《つぶや》くように言うと、話を続けた。

我が子が既に食い殺されていたことを知った桜姫は悲嘆のあまり、どっと病み付いてしまった。ものも食べず、泣き暮らすうちに、その名の通り、桜の花のようだった容色は日増しに衰えていった。

ふくよかだった頬《ほお》は、老婆のようにげっそりと痩《や》せこけ、艶やかだった黒髪は、櫛《くし》けずることも忘れてザンバラになり、清流を映したように涼しげだった目は、泣き明かして腫《は》れあがった瞼《まぶた》でふさがり、異様な光を放つようになった。

それだけではなかった。水以外は口にしていなかったはずの姫の息は、獣の生肉でも食べたように生臭く臭《にお》うようになり、長く伸びた両手の爪《つめ》にはいつも泥が黒く詰まっていた。

姫の変貌《へんぼう》に不審の念をいだいた乳母が、ある夜、姫の様子を窺《うかが》っていると、昼間は死人のようにぐったりと床に伏していた姫が、むっくりと起き上がり、衣《きぬ》をすっぽり頭から被って、庵を抜け出して行く。庵を抜け出すときは、抜き足差し足だった姫の足どりは、いったん外に出ると、女とは思えないような速さで、空を飛ぶように走ったとい
う。
乳母は息を切らしてあとをつけた。姫がやって来たのは寺の裏にある墓場だった。木
の陰から見ていた乳母が肝を潰《つぶ》したことに、姫は、墓場から掘り起こした子供の遺体の
腹を裂いて臓腑をつかみ出すと、それにむしゃぶりついていた。
乳母はあまりの光景に、「あなや」と一声叫んで腰を抜かした。浅ましく変わり果て
た姿を見られたことを知った姫は、腰を抜かして動けずにいた乳母に飛び掛かって、そ
の喉笛《のどぶえ》を嚙《か》み切ると、羞恥《しゅうち》とも怒りともつかぬ、獣のような声を一声あげて、山の奥
に姿を消した。
やがて、子供の屍《しかばね》を漁《あさ》るだけではもの足りなくなったのか、鬼女と化した桜姫は、
時折、人里におりてきては、里の子供をさらってはその臓腑を食うようになったという。
「この鬼女を当時、あの寺に寄宿していた旅の高僧が法力で退治した。この高僧という
のが、一説では、安達ケ原の鬼婆《おにばば》を退治したことで有名な、紀州熊野の東光坊阿闍梨《あじゃり》祐
慶だと言われているが、これはどうも眉《まゆ》つばらしい――しかし、退治したままでは、す
でに魔性と化した姫の魂が後世にどんな災いを振り撒《ま》くか分からない。そこで、僧はお

堂にこもって自らの手で一体の観音像を彫り上げ、その中に鬼女の魂を封じ込めた。そして、それをあの寺の守り本尊にして祭り上げるようにと住職に言い伝えたというんだ……」

子とり観音縁起について、そう語る一雄の声が、千鶴の頭の中で、訥々《とつとつ》と話す祖母の声に重なった。

「人々の信仰を得て、祭り上げられた鬼女の魂はようやく鎮められた。それからは、鬼子母の場合と同じように、安産や子育ての観音様として霊験あらたかだったそうだが、さっき言ったように、あの寺のことは次第に忘れられて、誰も、あの観音像をかえりみることはしなくなった。人々の信仰を失い、打ち捨てられた神は――」

そう言いかけた一雄を遮《さえぎ》るようにして、伯母が言った。

「お姑《かあ》さんもなくなる前に口癖のように言ってたものねえ。あの観音様は恐ろしい。そまつに扱っているとそのうち災いが起こるってさ。観音像のなかに封じこめられていた鬼女の魂が蘇《よみがえ》るって――」

「俺も、みちるちゃんの事件が起きるまでは、いかにも年寄りの好みそうな古臭い因果話だと思っていたが、なんだか最近、ただの因果話じゃないような気もしてきたんだよ。鬼に子供を食われた女がやがて自分も鬼になる……。なんとも悲惨な話じゃないか。もし、そんな救われない鬼の魂が観音像の中から抜け出て、どこかの女に乗り移ったとしたら……」

一雄は何か言いたそうだったが、口ごもった。

「そのことでね、一時、妙な噂《うわさ》が流れたんだよ……」

柱時計がボーンとひとつ打った。そう続けたのは伯母だった。

「噂？」

千鶴は口まで運びかけた湯呑《ゆの》みを途中で止めた。

「犯人はあの女じゃないかって言い出す人がいてね……」

「母さん。それは根も葉もない噂だよ。証拠があるわけじゃないんだから、めったなことを言わない方がいいよ」

一雄がたしなめるように伯母を見た。

「いいじゃないか。ここだけの話だもの」

伯母は子供のように口を尖《とが》らせた。

「ここだけの話って言いながら、あっちこっちで言い触らしてるじゃないか」

「あの女って？」

千鶴はたずねた。

夜は妙にしずかだった。外を往来する車の音はもちろんのこと、草木が風にそよぐ音すら聞こえない。

長い間、都会の喧噪《けんそう》のなかで暮らしてきた千鶴にとって、田舎町の夜の静けさは漆黒《しっこく》の闇《やみ》のなかに落ち込んだような不安をおぼえさせた。

「あの女だよ、千鶴ちゃん」

伯母は千鶴の目を覗《のぞ》きこむようにして囁《ささや》いた。何か忌まわしいものでも見たような目だ。千鶴ははっとした。まさか？

「でも、あの人は――」

あの女はルリ子が死んだあと、残された男の子の方を連れていつのまにか町からいなくなっていた。噂では、精神に異常をきたし、どこかの病院に入れられたということだったが……。

「それがね、戻ってきたんだよ。一年半くらい前だったかね。息子を連れてフラリとさ。あの坂の上の白い家に。そのあとでみちるちゃんの事件が起きたんだよ……」

6

夜半になって風が出てきた。

十月の夜風は冷ややかな指でガラス窓をカタカタと揺さぶりながら、暗い虚空《こくう》を吹き抜けていく。

千鶴は童話の本を閉じて隣の布団を見た。

紗耶はあどけない顔をして子猫のような寝息をたてている。母親譲りの長い睫《まつげ》が白い頬《ほお》に淡い影を落としていた。

掛布団からはみ出した娘の手を中に入れてやると、千鶴は腹ばいのまま、枕元《まくらもと》に出しておいた古いアルバムを開いた。高彦の突然の死以来、けっして開かなかったアルバムを。

この町ですごした頃の写真も何枚か残っている。立派な門構えのお屋敷の前で、一人の和服の女性と六人の子供が写っている一葉の写真。

千鶴はそのセピア色の写真をしばらく眺めていたが、それを台紙から剝《は》がして手に取った。

これはたしか高村滋の家に遊びに行ったとき、門の前で滋の母親と一緒に写したものだ。

渋い小紋の和服の襟をピシリと正して、口元は僅《わず》かにほころばせながらも、カメラを睨《にら》みつけるようにして佇《たたず》んでいる滋の母親は、鼻の高い立派な顔立ちの人で、いかにも校長先生の奥さんという感じの、幼い千鶴にはちょっと怖い存在だった。

この人ももうなくなったのか……。伯母の話を思い出して千鶴は感慨に浸った。

滋は母親の前で整った白い顔にはにかんだような笑顔を浮かべて立っている。

中学まではこの町で過ごしたらしいが、高校・大学は、両親の要望で東京の私立に進み、卒業と同時に帰郷して、母校の中学の教師になったということだった。

前の方にしゃがんでいるのが、土屋裕司。あの頃はもっと太っていて、やはり薄い眉《まゆ》をしている。

裕司と肩を組み合ってしゃがみ、おちゃめな表情をしているのが松田尚人。リスのようにすばしっこい、いつも顔や膝《ひざ》小僧に生傷の絶えない腕白小僧だった。

伯母の話だと、地元の高校を出るとすぐに家業の酒屋を継いで、今では一男一女の父親になっているという。

その後ろに立っているのが深沢佳代。女の子にしてはのっぽで痩《や》せていた。二本のお下げ髪を胸にたらして澄ました顔をしている。

短大卒業後、一人娘だったために婿《むこ》養子を迎え、七歳の娘の母親になっている。

佳代の隣が山内厚子。子供の頃からハスキーボイスでおませなところがあった。母親が女手ひとつで小さな美容院をやっていた。

厚子も中学を出ると、すぐに上京して美容学校に入り、二十歳で結婚したらしいが、五年足らずで離婚。娘の桜子《さくらこ》を連れてこの町に戻ってきたのが三年前。今は母親の美容院を手伝っているのだという。

やや赤みがかった千鶴の髪を、「外国の子みたいで奇麗だ」と言って触りたがった少女が美容師になったと知って、千鶴は思わず微笑した。

みんなこの町に戻ってくる。

土屋裕司の言った言葉をふと思い出した。

そうかもしれない。

セピア色の写真を指でなぞりながら思った。

誰もがいったんは華やかな都会に憧《あこが》れてこの町を離れても、まるで見えない糸に引かれるように、また、ここに戻ってくるのだ。

この町で生まれたわけではない千鶴にしても、夫を亡くし、ポッカリと穴の開いてしまった胸をかかえ、行き場を失って、この町に戻ってきてしまった。たった二年しか住んだことのない所だったのに。まるで、ここへ帰ってくれば、心に負った深い傷が癒《いや》されるとでもいうように。

運命の糸に操られるようにして舞い戻って来た者はもう一人いる。いや、二人だ。あの女とその息子……。

少年の方はたしか千鶴と同い年だったはずだ。廃寺の薄暗い境内で、母親のうしろに隠れるようにしてうなだれていた少年の姿がふいに記憶の底からひらめいた。

あの女とその息子はどうしてここに戻ってきたのだろう？

二人にはけっして優しくはなかった、この町に……？

千鶴は写真をもとに戻し、アルバムを慌てて閉じた。それ以上、ページをめくるのが怖かった。ページをめくり続ければいずれ目に飛び込んでくるはずの高彦の笑顔が怖い。

癒えかけた傷は、ほんの少しついただけでも、薄皮はたやすく破れ、血が流れる。

ここにいる間だけ、東京であったことは総《すべ》て忘れよう。二十年という歳月を心の闇《やみ》に葬り去るのだ。そして、母が生まれたこの町で、わたしは紗耶を育てる。

これからはそのことだけを考えよう。

今日からこの町はわたしにとって過去ではなく未来になるのだ。
千鶴はそう決心すると、枕元の明かりを消した。

第二章　こーとろ、ことろ

1

翌日。千鶴は紗耶を連れて、紗耶が転入することになっている小学校の門をくぐった。夜坂小学校は千鶴がほんの僅《わず》かな間だったが通学した母校でもある。

時がとまったようなこの町でも、やはり記憶のなかの小学校とはだいぶ様子が変わっていた。木造校舎が殆《ほとん》ど鉄筋になっている。

それでも、あちこちに植えられた桜の大木や、髪にからみつくように香る金木犀《きんもくせい》の甘い匂《にお》いに、懐かしい思いがこみあげてきた。

校長室に通され、半白の髪をポマードでべったりとうしろに撫《な》で付けた大柄な校長から、紗耶の担任になる教師を紹介された。

一年三組の担任は高村郁江《いくえ》といって、二十代後半の小柄な女性だった。シックな枯葉色のスーツが瘦《や》せぎすの身体《からだ》にすっきりと似合っている。脚の美しい人だった。耳のあたりで揃《そろ》えたおかっぱに、繊細な作りの顔だち。どことなく少女のような印象のある女だった。

顔色がはっとするほど青白く、右の目に軽いチック症状が見られるせいか、最初は神経質そうな感じを受けたが、笑った顔には暖かみがあり、すぐに好感がもてた。

ただ千鶴が驚いたのは、高村郁江が一通りの手続きを終え、紗耶の登校は明日からといったあとで、片耳に髪をはさみながら、ふと思い出したとでもいうように、

「紗耶ちゃん、千鶴さんの小さい頃にそっくりなんですね」

と言ったときだった。

え？　という表情をする千鶴に、郁江はふふと親しみをこめて笑いかけた。

「千鶴さんの写真、主人のアルバムで見たことあるから」

千鶴はあっと思った。高村という姓を聞いたときから、何か心にひっかかるものがあったのだが、まさか目の前の女教師が高村滋の妻だとは夢にも思わなかった。

そういえば、昨夜の伯母の話では、滋は数年前に見合いで同業の女性と結婚したと言っていたではないか。

この人が？

千鶴は今までとは違った目で高村郁江を見詰めた。そこには娘の担任になる教師ではなく、ひとりの女がいた。

千鶴の胸にほんのかすかだが、針でつかれたような痛みが走った。それがなんの痛みなのかはわからない。

この人が滋さんの奥さんなのか。そう思ったとたんに、感じたささやかな痛みだった。

「一度、うちの方にも遊びに来てくださいね」

ちょっと席をはずしていた校長が咳《せき》ばらいとともに入って来たので、高村郁江は素早くそう言って教師の顔に戻った。

手続きと挨拶《あいさつ》を終え、校長室から出るとき、もうひとつのことを思い出した。滋の幼い娘が一年前にむごたらしい死に方をしたということを。

あの人の娘が……。

高村郁江のきびきびした姿には幼い娘を亡くしたばかりの女性を感じさせるところは何もなかった。

しかし、あの青白い顔。目にしばしば走る小さな神経の痙攣《けいれん》。それが彼女の味わった不幸の大きさを暗黙のうちに物語っているような気がした。

あの人もわたしと同じだ。

千鶴はふと感じた。胸に大きな傷を抱えている。そして、その傷がふいに破れ血が噴き出すのを恐れながら生きている……。

高村郁江が滋の妻だと知ったときに感じた、嫉妬《しっと》というには淡すぎる小さな痛みは、いつのまにか親近感のようなものに変わっていた。後ろ髪を引かれるように思わず振り返ると、廊下の角を曲がろうとしている高村郁江のスーツの残像が、枯葉がひとひら舞うように見えた。


小学校を出ると、紗耶の手を引きながら町のはずれにある小高い丘まで散歩がてらに行ってみた。

小さい頃、よくここへ来ては、ボンヤリと膝《ひざ》をかかえて町並を暗くなるまで眺めていたものだった。

風に髪をなびかせながら、丘の上に佇《たたず》むと、一枚の地図を広げたように、昔と変わらぬ町並が彼方に横たわっていた。

丘のスロープに群れて咲く、死人の血濡《ぬ》れた掌《てのひら》のような曼珠沙華《まんじゅしゃげ》が、秋草に混じって、風にゆらゆらと揺れている。

「先生、やさしそうな人でよかったね」

千鶴は娘に話しかけた。紗耶は、「うん」と頷《うなず》いただけだった。女の子にしては無口な方で、愛くるしい顔だちに似合わないぶっきらぼうなところのある子だった。気質は高彦に似たのだろう。

しかし、千鶴は娘のこんな性格に救われていた。高彦が死んでから、紗耶は一度も父親のことを口にしなかった。「パパ」の「パ」の字も言わない。千鶴が時々嫉妬を感じたほど、あんなに父親っ子だったというのに。不思議なくらいだった。

千鶴は娘の小さな手を握りしめた。

わたしの希望は今この掌のなかにある。

この小さな温かみだ。

「あの先生、ママの知ってる人？」

紗耶は千鶴の顔を見上げて、ふいに訊《き》いた。

高村郁江との短いやりとりに何か子供心にも察するものがあったのだろう。無口だったが、鋭いところがある子だった。

「ママの知ってる人の奥さんだったの、あの先生」

そう答えると、紗耶は「ふうん」とだけ言った。それっきり何も言わなかった。

この小さな頭のなかで何を目まぐるしく考えているのだろう。そう思うと、千鶴はおかしくなった。

しばらく風に吹かれてから、丘を下った。

十月の空気は澄んで、頰《ほお》にあたる風は心地よかった。赤や黄色の秋の実が日差しに照り輝いている。

このまま家にまっすぐ帰るのも勿体《もったい》ないような気がして、わざわざ遠回りをしてブラブラ歩いているうちに、いつのまにか、あの廃寺のある方角に足を向けていた。

「この上にお寺があるよ」

紗耶が立ち止まり、苔《こけ》むした石段を見上げた。千鶴はドキリとした。紗耶は千鶴の手を放すと、石段を駆け上ろうとした。

「駄目よ」

千鶴は叫んでいた。言葉が思わず口からついて出た。

「行っちゃ駄目」

「どうして？」

紗耶は石段の途中で振り返った。赤いスカートが日に輝いた。不思議そうに目を丸くしている。

石段の脇《わき》に数本の曼珠沙華が群がって揺れていた。赤い花。赤いスカート。めまいのするような毒々しい赤が千鶴の頭のなかでぐるぐる回った。いけない、いけない。それ以上、行ってはいけない……。

「どうしても。そこには怖い観音様がいるからよ」

「怖い観音様？」

「いいから、早く降りてらっしゃい」

千鶴が睨《にら》みつけると、紗耶は渋々戻ってきた。そして、母親の顔を見上げ、

「ママの顔の方がよっぽど怖い」

と憎らしいことを言った。

「ねえ、どうして怖い観音さまがいるの？」

「わからないわ。あまりに悲しいことがあって、怖い鬼になってしまった女の人が昔いたの。その人の魂が閉じ込められているのよ。だから――」

そう言いかけて、千鶴ははっと口をつぐんだ。体が石になったように冷たくなるのが分かった。

向こうの道から、車椅子《いす》を押しながら近付いてくる背の高い男の姿に気が付いたからだ。

車椅子には厚化粧をした初老の女が乗っていた。女は白い和服で、季節はずれの白い

日傘を肩のところでくるくる廻《まわ》しながら、何か小声で歌のようなものを口ずさんでいる。

車椅子を押している男の方は、歳の頃は三十前後、ノーネクタイの白ワイシャツに焦げ茶のカーディガンを羽織っていた。

やや茶色がかった長めの髪を、十月の澄んだ日差しがオーラのように包んでいた。

上質の革をなめしたような膚《はだ》に、異国の血でも混じっているのかと思わせるような彫りの深い顔立ちをしていたが、表情というものがまったくなかった。

男の上唇の右端に傷口を縫い合わせたような醜いひきつれがあるのに気が付いたとき、千鶴は胸に短刀を突き付けられたような気持ちになった。

この傷――

口から溢《あふ》れ出る血泡《ちあわ》を片手の甲で乱暴にこすって、凄《すご》い目で自分の方を睨《にら》みつけたひとりの少年の顔が脳裏に蘇《よみがえ》った。

二人づれと擦《す》れ違うとき、男の方は前方を向いたままで千鶴の方はチラとも見なかったが、車椅子の女の方がガラス玉のような目をグルリと動かして千鶴を見た。いや、千鶴ではなく、紗耶を見た。

一瞬、女の口から歌が途切れ、うつけたような白い顔にかすかな感情の波がうねったように見えた。

千鶴は二人づれと擦れ違ったあとも身体を強張《こわば》らせていた。紗耶が振り返った。そして、口のなかで何か呟《つぶや》いた。よく聞き取れない。

「なに？」

千鶴が身をかがめて訊《き》くと、少女は空気を吸い込むような仕草をして、「おんなじ匂《にお》い」と言った。

おんなじ匂い？

紗耶はもう一度言った。

「パパとおんなじ匂いがした」

2

土屋裕司の店は「ココ」といい、駅前通りを少し入った所にあった。

夕方六時を少し過ぎた頃、千鶴が「ココ」の「準備中」と札のかかったガラス扉を開けると、待っていたように、コロコロと鈴の音をさせながら白い猫が足元をすり抜けて出て行った。

店内に一歩入ると、突然クラッカーがパンパンと鳴った。

「待ちに待った我らがマドンナのおでましだ」

クラッカーを手にして、そう言ったのは、カウンターに座っていた、おでこをテラテラ光らせた、赤ら顔の男である。

テーブルの上にはビールや寿司がすでに並べられている。

もうみな集まっていた。

「おれのこと、おぼえてる？」

クラッカーの男がニヤニヤしながら言う。

千鶴はとまどった。

それでも、煙草《たばこ》のヤニで汚れた前歯とドングリ眼に、あのすばしっこいリスの面影をかろうじて見出すことができた。

「ナオトくん？」

酒屋の主人になっているという松田尚人だった。

やっと三十になったかならぬかなのに、高校卒業後、すぐに家業を継いで、妻帯したのも十代だったという尚人はもはや中年男の顔をしていた。

尚人だけではなかった。

二十年の歳月は他の幼なじみたちの上にも見逃しようのない刻印を残していた。

一番変わったのは、美容師になったという山内厚子だった。

子供の頃の目鼻立ちは白粉《おしろい》とアイラインと口紅で完全に塗りつぶされている。

これではどこかで擦れ違ったとしても気が付かなかっただろう。

厚子はカウンターに肘《ひじ》をついて、組んだ脚のつま先に引っ掛けた真っ赤なサンダルをブラブラさせながら、煙草をふかしていた。

子供の頃は肩まであったつややかな黒髪が、今では赤茶けた麦藁《むぎわら》のようになって刈り込まれている。

ただ、「チイちゃん、お久しぶりね」と言った、ハスキーボイスだけが昔のままだった。

深沢佳代はそれほど変わってはいなかった。昔よりは少し贅肉《ぜいにく》がつき、平凡な主婦という感じになっていた。

肉体的な変化が少ないのは、東京に単身で出て辛酸《しんさん》をなめてきた厚子に比べて、箱入り娘だった佳代の人生そのものが平板《へいばん》で変化の乏しいものだったからかもしれない。

ビールで乾杯し、ひとしきり昔話に花が咲いたあとで、千鶴は高村滋の姿が見えないことに気が付いた。

「滋さんは？」

カウンターの中で、追加のビールの栓を抜こうとしていた土屋裕司に訊《き》くと、

「少し遅くなるかもしれないけど、必ず行くから、先にやっててくれって」

と言う。

「やっぱり一番会いたいのは滋かあ」

尚人がおどけた顔をする。

「そんなんじゃないわ。昼間、滋さんの奥さんに会ったから」

千鶴は幾分慌てて言った。

「郁江さんに？」

裕司が栓を抜いたビールをカウンターに置いて顔をあげた。

「娘の学校に挨拶《あいさつ》に行ったら、担任の先生が偶然にも滋さんの奥さんだったのよ」

「じゃ、うちの桜子と同じクラスじゃない」

厚子が嬉《うれ》しそうな声をあげた。

「郁江さんも大変だったんだよね……」

それまで大声で笑いながら話していた松田尚人の赤ら顔がふっと曇り、声の調子が落ちた。他の連中も申し合わせたように表情を曇らせた。

「やっと最近、もとのあの人らしさを取り戻したんだ。実は滋との間にみちるちゃんと

いう娘が生まれたんだけど、この娘が去年――」

「その話ならチイちゃんはもう知ってるよ」

尚人の空のグラスにビールを注ぎながら裕司が遮るように言った。

「そういえば――」

千鶴は思いきって言ってみた。

「あの母子にも昼間会ったわ」

前にもまして奇妙な沈黙が店を支配した。

裕司は汚れてもいないカウンターを熱心に拭《ふ》く真似をし、尚人は苦い顔で黙ってビールを口に含んだ。深沢佳代は寿司をつまんでゴムでも噛《か》むような顔つきで咀嚼《そしゃく》している。山内厚子は紙ナプキンで折り鶴を折っていた。

「あの人、車椅子《いす》に乗っていたけど、体が不自由なの？」

沈黙を破るように、千鶴が訊《き》くと、裕司が答えた。

「らしいね。あの二人がここに戻ってきたときから、あの女は車椅子だったよ」

「息子が時々散歩に連れ出しているのを見掛けるな。あの女、ちょっとコレみたいだ」

尚人が自分の頭を指さしてパアとやってみせた。

「娘を殺されたショックで頭がおかしくなって、どこかの病院に入れられたって噂《うわさ》は本当だったのね」

佳代が言った。

「何か歌を口ずさんでいたわ……」

千鶴が言うと、すかさず、尚人が、

「ところ、だろう?」と言った。

千鶴はなぜか背筋がぞくりとした。

そうだ。か細い声で、呟《つぶや》くように歌っていたのでなんの歌かは分からなかったが、そういわれてみれば、あれはあの歌だった。

「女房が気味悪がってたことがあったな。明人《あきと》を連れて歩いていたら、あの二人づれに出くわしたことがあるって。あの女が歌を歌いながら、変な目付きで明人の方ばかり見ていたって言ってさ」

尚人が渋い顔で言った。

「あの夜のこと、あたし、一生忘れられそうにないわ。夜中にうちの玄関の前に立っていたあの女の恐ろしい顔。ルリ子を殺したのはおまえだなんてわめいてさ。どうしてあたしたちが恨まれなきゃならないのよ?」

厚子が吐き出すように言った。

「あの女はおれたちがあの子を境内に置き去りにしたばかりに、娘が殺されたと思ったんだろ」

　と裕司。

「逆恨みもいいとこだ。あの子をしめころしたのはどこかの変質者で、おれたちには関係のないことだったんだ。そりゃ、境内にひとりで置き去りにしたのは悪かったかもしれないけど」

　と尚人も口を歪《ゆが》める。

「だから、あのとき、あんな女の子供なんか仲間にいれなきゃよかったのよ。それを、チイちゃんが――」

　厚子はそう言いかけて、はっとしたように口をつぐんだ。

　みんな気まずい顔になった。

　厚子の言うとおりかもしれない。

　千鶴は暗い気持ちで思った。

　あのとき滋も他のみんなも、あの女の子供を仲間に入れるのを厭《いや》がっていた。それなのに、わたしがつまらない同情からあんなことをしたばかりに、あの子は殺される羽目になったのだ。あのとき、ルリ子を仲間に入れさえしなければ、あのまま母親と一緒に帰していれば、あんな不幸な事件は起こらなかったに違いない。そして、みんなの心にも厭な思い出を残さずにすんだのだ……。

そのとき、店の扉が開いて、背の高い男が入ってきた。

「やあ、どうも遅くなって」

男は言った。

高村滋だった。

3

「どうしたんだい。やけにシンとして?」

高村滋は入ってくるなり、その場の沈んだ空気に気づいて、びっくりしたような目で皆の顔を見渡した。

千鶴と目が合うと、ややうろたえたように、視線をそらした。

「まるでお通夜じゃないか」

浅黒くこけた頰《ほお》に苦笑いを浮かべた。

黒縁の眼鏡をかけ、ハイネックのセーターの上に、レザーの肘《ひじ》あてのついたラフなグレーのブレザーを無造作に羽織っている。

脂っけのない髪には櫛目《くしめ》が通っていないし、ブレザーの袖口《そでぐち》は白墨《はくぼく》らしい白い粉で汚れていた。ズボンは折り目がとれて皺《しわ》くちゃになっている。

子供の頃はいつ見ても、清潔できちんとした身なりをしていたが、今では、いかにも中学の社会科の教師といった風情になっていた。

記憶のなかの、お坊ちゃん然としていた高村滋のイメージが壊れてしまったようで、千鶴はややとまどいをおぼえた。

裕司は黙って、おしぼりを渡す。

「お通夜だわ」

厚子がボソリと言った。

「二十年前の過去を弔《とむら》っていたんだもの」

「あのときのこと、話してたのよ」

佳代が言いにくそうに付け加えた。

「また、あの話か」

滋はカウンターに座りながら顔をしかめた。

「さあて、辛気《しんき》臭い昔話はもうおしまいにしようぜ。役者が揃《そろ》ったところで、パッと陽気にいこうよ。パッとさ」

尚人が沈んだ雰囲気を盛り上げるように、突如、声をはりあげた。

「それじゃ、もう一度乾杯といこうか」

裕司も調子を合わせて景気よくビールの栓を抜いた。

それぞれのグラスに勢いよくビールを注ぎ込む。

泡をいただいた六つのグラスが、「再会に乾杯」の掛声とともに宙に浮き、かちあった。

さすがに酒屋だけあって、真っ先にグラスを空にした尚人がまたクラッカーを鳴らした。

佳代は耳を押えて、「いやあね。子供みたい」と笑った。

白《しら》けかけていた座にまた活気が戻った。

「そうそう。チイちゃんの子も郁江さんのクラスなんですって」

厚子が口についた泡を手の甲で拭《ふ》きながら言った。

黒縁の眼鏡を取って、疲れを取るように眉間《みけん》のあたりを指でつまんでいた滋は顔をあげた。

いかつい眼鏡を取ると、かすかに幼な顔が蘇《よみがえ》った。

「聞いたよ。紗耶ちゃんていったっけ？　チイちゃんの子供の頃にそっくりなんだって？」

滋は白い歯を見せて千鶴の方に笑いかけた。

その笑顔に再び幼な顔がだぶった。それはほんの数カ月年上の同い歳なのに、いつも千鶴に兄を思わせた頼もしい優しい笑顔だった。

この人は変わっていない。

白湯《さゆ》を呑《の》んだような安堵《あんど》感が千鶴の胸をみたした。

一人娘をなくしたことが、滋の人柄に暗い影を落とし、性格まで変えてしまったのではないかと内心恐れていたのだ。

しかし、こけすぎた頰《ほお》に、不幸の陰りを幾分は感じられるものの、歯切れの良い快活《かいかつ》さは子供の頃と少しも変わっていないように思えた。

「最初見たとき、姉かと思ったって言ってたよ。とても小学校に通うような子供がいるようには見えなかったって」

滋は、「郁江が」という主語を省略して言った。そんなさりげない物言いが、千鶴には、滋が妻の存在をなかば分身のように感じているのではないかと思わせた。そして、そう思ったとたん、高村郁江が滋の妻だと知ったときと同じ痛みがまたチクリと胸の奥を刺した。

「姉のように見えたか。お世辞に聞こえないところが凄《すご》いわね」

とやや妬《ねた》ましげに厚子が呟《つぶや》いた。

気の強い厚子は昔から千鶴にライバル意識を持っていたようだ。アルコールが入ってくると、押えられていた感情的なものが露骨に鎌首をもたげてくる。

「娘は、ちょっと変わってるの。無口で愛嬌《あいきょう》のない子だから、新しいクラスにうまく溶け込めるか不安だわ」

千鶴がそう言うと、

「じゃ、性格はご主人の方に似たんだね」

滋は物問いたげな目でチラリと見た。その目は、千鶴がどんな男と結婚したのか知りたいと暗にいっていた。

「大丈夫。チイちゃんに似てるなら、男の子からは大事にされるから」

また厚子がトゲのあることをサラリと言ってのける。

「それに、クラスは違うけど、うちの亜美《あみ》や明人くんも同じ学年にいるから。すぐに友達になるわよ。わたしたちがそうだったように」

佳代も言う。厚子に比べると、お嬢さん育ちの佳代は物言いもおっとりしている。

「そうさ。きっと明人のやつも紗耶ちゃんを一目見るなり岡惚《おかぼ》れして、叶《かな》わぬ恋に身を焦がすようになるのだ。親の因果が子に報いってな。ありゃ、ちょっと意味が違うかな」

尚人が割箸《わりばし》で小皿をたたきながら、妙な節をつけて言った。

「小学生が恋に身を焦がすのか」

裕司が笑った。

「焦がすさ。小学生だって」

「こっちは焼餅《やきもち》が焦げるわよ」

ブスリと厚子。

「でもすてきだと思わない？　わたしたちの子供が昔のわたしたちみたいになるなんて」

佳代が両手を胸のあたりで組んで言った。

「しかし、考えてみると、不思議な気がするな。みんな申し合わせたように、おない年の子供をもってるっていうのも」

と尚人。

「これが縁っていうものじゃないかしら。わたしたちって、目に見えない縁《えにし》の糸で結ばれ合ってるのよ。だから子供たちもきっと――」

佳代がうっとりした声で言う。

「おれんとこだけが一足遅れてるけどな」

裕司がニヤニヤしながら言った。

「順調なのか?」

尚人があごをしゃくってきく。

「まあね。昨日も様子見にいってきたら、腹の子が動いたの蹴《け》ったのって大騒ぎしてたよ」

「そういうウブいこと言って喜んでるのも最初だけだな。うちなんか、もう三人めだからな。出来たってわかっても女房も心得たもんでケロッとしてやがる」

「え。また出来たのか」

裕司が驚いたように声をはりあげた。

「あれ。言ってなかったっけ。また出来ちゃったんだよ」

尚人はてへへと頭をかいた。

千鶴は笑いかけた顔をはっと強張らせた。

いくぶん所帯じみた、しかし、心を和《なご》ませるのどかな話題の飛び交うなかで、一人だけ黙って、俯《うつむ》いてビールをなめるように口に含んでいる高村滋の横顔の暗さに気が付いたからだ。

たしか郁江は二度と子供の産めない体だということだった。高村滋は最初で最後の子をうしなったのだ。そんな彼にとって、子供の話題は身を切られるほどにつらいに違いない。

尚人と裕司はそんなことにも気が付かないように、下卑《げび》た冗談を言いあって笑っている。無神経すぎる。話題を変えなければ。千鶴がそう思ったとき、

「ココは？」

と、滋が顔をあげ、あたりを見回しながら、ふいに言った。彼自身、話題を変えたかったのかもしれない。

「ココ？」

裕司はつられたように回りを見渡した。カウンターの下をのぞきこむ。

「変だな。さっきまでいたのに」

そう言って、鼠鳴《ねずな》きに舌を鳴らした。

「ココなら、チイちゃんが入ってきたときに外に出て行ったわよ」

佳代がなにげなく言う。

ココというのは、さっき千鶴の足元を擦り抜けて出て行った、あの鈴をつけた白い日本猫のことのようだ。店名と同じところをみると、この店のマスコットのような存在らしい。

「あれ、そうだっけ？」

裕司はきょとんとした。

「薄情だな。我が子ができたとたん、ペットのことはどうでもよくなったのか。猫ってのは敏感だからな。ココのやつ、悲観して家出したんじゃないのか？」

滋が笑いながら言った。冗談めかした口調の裏にかすかな皮肉の刺《とげ》があった。

「まさか。そのうち帰ってくるさ」

裕司は一笑に付した。

「現金なものよね。子供ができないうちは、文字どおり猫っかわいがりしてたのにさ。夫婦そろって」

厚子も意地の悪い調子で言うと、千鶴の方をむいて片目をつぶってみせた。

それでも話題が子供のことから猫のことにそれたのにほっとしながら、千鶴はこっそり袖《そで》をめくって腕時計を眺めた。

時刻は八時半をすぎようとしていた。紗耶の顔が脳裏をよぎった。

「あの、わたし、申し訳ないけど、もう失礼するわ」

飲みかけのビールのグラスをテーブルに置き、立ち上がりかけた。

「え？　もう？　まだ九時前だぜえ」

裕司が驚いたような顔をした。他のみんなも口々に、「まだ早いよ」と不満そうな声をあげる。

「ごめんなさい。でも、わたし、もう帰らなくちゃ。九時には娘を寝かしつけないと……」

中腰《ちゅうごし》のままそう言うと、

「子供のことなんか家の人にまかせておけばいいじゃない。あなたの歓迎会なのよ」

厚子が不満そうに口をとがらせる。

「申しわけないけど、そうもいかないのよ。あの子、そばで童話を読んであげないと寝ない子だから。他の人じゃ駄目なの」

子供のくせに神経質なところのある紗耶が、まだ馴《な》れない伯母や晴子の手で素直に眠るとは思えなかった。

大きな目を光らせてじっと千鶴の帰りを待っているに違いない。

「まあ、いいじゃないか。チイちゃんはずっとここにいるんだし。会おうと思えば、いつだって会えるんだから」

滋が助け舟をだしてくれた。千鶴が困っているとき、こうしてさりげなく、タイミングよく助けてくれるところは昔と少しも変わっていなかった。

「それもそうだな。どうせ明日からここで働いてもらうんだし……」

裕司がこともなげに言った。

「なんだって？」

尚人が眉《まゆ》をつりあげて聞きかえした。

「みんなに言うの忘れてたけど、しばらく、チイちゃんに手伝ってもらうことになったんだ」

「それを早くいって頂戴よ」

尚人がカウンターを両手でたたいておどけた。

電話が鳴った。

店の照明を消そうとしていた土屋裕司は、思わず腕時計を見た。午後十一時をすぎようとしている。

最後までねばっていた松田尚人がやっと重いみこしをあげて出て行ってから三十分くらいたっていた。手早く後片付けをすませ、店から歩いて五分とかからない自宅に帰ろうとしていた矢先だった。

有美《ゆみ》かな。

お産のために実家に帰っている妻のことをチラリと頭に浮かべた。自宅にまだ帰っていないのを寂しがった妻が店の方に電話をかけてきたのだろうと、裕司はとっさに思ったのである。

受話器を取った。

「もしもし?」

聞き慣れた妻の声が耳に飛び込んでくると思ったが、そうではなかった。

しばらく沈黙があった。

「もしもし?」

いぶかしく思いながらもう一度問いかける。

こんな時間に有美じゃないとしたら誰だろう。間違い電話かな……?

そう思いかけたとき、電話の向こうから声がした。

耳をすませてみる。

しわがれた女の声だった。

歌をうたっている。

受話器に口を寄せて、囁《ささや》くように歌をうたっていた。

こーとろ、ことろ
　どの子をことろ
あの子をことろ
　子をとって、どうする
赤いべべ着せよ

電話はそこでガチャリと切れた。まるで別の誰かが女から受話器を奪ってたたきつけたような切れ方だった。

裕司は受話器を握り締めたまま、呆然《ぼうぜん》としていた。

なんだ今のは……？

いたずら電話かな。

独り言を言いながら受話器を置いた。

それにしても、あの歌声……。

耳の底に残っている女の声を思い出して、身震いした。

それは、地獄の底から響いてきたような、低い、ぞっとするほど暗い声だった。

4

二日後。町の中央を縫って流れる夜坂川に白い手毬《てまり》のようなものが浮かんでいるのを見付けたのは、学校帰りの三人の小学生たちだった。

子供たちは、ワイワイ言いながら土手を駆け降りてきた。少年の一人がそのへんに転がっていた細長い木切れを拾うと、それで白いものを引き寄せた。それは、首に赤い紐《ひも》と鈴をつけた日本猫だった。びっしょりと濡《ぬ》れそぼった毛には、泥と病葉《わくらば》がこびりついている。

猫はピンク色の舌を出して死んでいた。

「溺《おぼ》れたのかな」

棒でつっつきながら、そばかすの少年が言った。棒の先が鈴にあたってチリンと鳴った。

「絞め殺されたんじゃない？」

もう一人の少年が背後からのぞきこむ。

「可哀そうだね。お墓つくってあげようか」

「やだ。気持ちわるいもん」

おかっぱの少女がかなきり声をあげた。

「猫の死骸《しがい》なんかつまんねえや。行こう、行こう」

大柄の少年が興味をうしなったようにさっさと土手をのぼりはじめた。少女がすぐにそれに従った。

「あばよ、ニャンコ」

最後に残った少年は棒切れを放り出すと、手をズボンの尻《しり》で拭《ぬぐ》いながら二人に続いた。

三人の子供たちがいなくなると、この三人から少し遅れて、とぼとぼと一人で歩いていた小柄な少女が土手をおりてきた。

赤いランドセルを重そうに背負った少女は、下半身を水に浸けたまま川縁《かわぶち》に横たわったものを俯《うつむ》いてじっと見詰めていたが、さっきの少年が捨てていった棒きれを拾うと、それで死骸を川の流れの方に押しやった。

少女は白いものが流れ去って行くのをじっと見送っていた。

白い固まりはアーチ型の石橋の下を流れて行く。その石橋に一人の男が佇《たたず》んでいた。傾きかけた秋の日差しを背中にうけて、黒い影になった男は、背の高い彫像のように身じろぎもせず、少女の方を見下ろしていた。

第三章　坂の上の家

1

「じゃ、わたしはこれで」

壁の時計の針は四時を指していた。それを見ながら、千鶴がエプロンをはずしかけたとき、「ココ」の扉が開いて、薄紫のカーディガンを羽織った小柄な女が入ってきた。

「お疲れさ――やあ、いらっしゃい」

土屋裕司は千鶴の方に向けた笑顔をそのまま客の方に振り向けた。

「あら、高村先生」

千鶴はエプロンをはずしかけた手を止めた。

客は高村郁江だった。

郁江はカウンターの止まり木に腰をおろすと、肩から提げていたショルダーバッグを外して、隣のスツールに置いた。

カウンターに両肘《ひじ》をつき、華奢《きゃしゃ》な両手を顎《あご》の下で組むと、「コーヒー下さる？」と言った。

裕司がコーヒーメーカーの方に手をのばすと、それを遮るようにして、

「千鶴さんにいれて欲しいわ。千鶴さんの方がおいしいって評判ですもの」

と目許《めもと》で笑った。それほど濃い口紅をつけているわけではないのに、膚《はだ》が青白いせいか、唇の色がくっきりと鮮やかに浮き立って見える。

「それはご挨拶《あいさつ》ですね」

裕司は頭を掻《か》くと、目で千鶴に「頼むよ」というように合図した。

「今日はお帰りがばかに早いじゃないですか」

郁江に話しかける。

「何いってるの。土曜じゃないの」

郁江はショルダーバッグを探って、メンソールの煙草を取り出した。

「あ、そうか」

裕司は舌を出した。

「ココ、まだ帰らないみたいね？」

郁江はあたりを見回すようにしてたずねた。

「そうなんですよ。どこへ行っちまったのか、あの放蕩《ほうとう》娘は。もう一週間以上になるというのに」

「捜索願い、出してみたら？　野良猫と間違われてどこかの家で飼われているかもしれないわ」

「目につくところにポスター作って貼《は》っておいたんだけどね。まだどこからも連絡がないんですよ。どこかの牡《おす》とでもくっついちまったのかな」

「そのうち、ひょっこり帰ってくるわよ」

郁江は笑って、ほっそりした指に煙草をはさみ、心持ち顔を傾けて、手持ちのライターで火をつけた。

「紗耶、クラスに溶け込んでます？」

千鶴は香ばしいコーヒーの湯気の向こうから訊《き》いた。

「それが――ちょっと、まだみたいなのね……」

郁江は煙草の煙が目にしみたのか、眉《まゆ》をしかめた。

「やっぱり……」

千鶴はためいきをついた。思ったとおりだ。紗耶は毎日ランドセルを重そうに背負って学校に出掛けて行く。厭《いや》とはけっして言わないが、あまり楽しそうな様子ではなかった。

夜も学校であったことは殆《ほとん》ど口にしない。友達の話もしなかった。千鶴がしつこく聞いても、「うん」とか「ううん」とか煮え切らない返事しかしなかった。

「学校であったこと、何も話してくれないんですよ、あの子。ちゃんとやってるのかしらって心配になって。一度、先生にうかがってみようと思ってたんです」

千鶴は高村郁江の前にコーヒーを差し出した。

「かなり人見知りが強いみたいね。でも大丈夫よ。まだ一週間かそこらだし、焦ることはないと思うわ。そのうち友達もできてすぐにクラスにも溶け込めるようになるわ。わたしも何かと気をつけてますから。あら、本当においしい」

郁江はそう言って、コーヒーを一口飲むと、ふっと微笑した。

「早くそうなってくれるといいんだけど。でも、桜子ちゃんが仲良くしてくれてるみたいで。昨日も、桜子ちゃんの誕生会に招かれたとかで遅く帰ってきたから、心配することはないのかもね」

千鶴がなにげなくそうもらすと、高村郁江のコーヒーカップが口元で止まった。

「桜子ちゃんて、山内桜子ちゃん？」

少女のような大きな目で千鶴を見た。

「え？　ええ……」

郁江はコーヒーカップを皿に戻して呟《つぶや》いた。

「それは変ね」

「変て？」

千鶴はなんとなく不安になってたずねた。

「桜子ちゃんの誕生日は昨日ではないはずよ。うちのクラスではその日が誕生日の子にみんなで朝ハッピーバースデイを歌ってあげることにしてるの。昨日、誕生日の子はいなかったわ……」

千鶴の胸にかすかな黒い影がよぎった。昨日は桜子ちゃんの誕生会ではなかった？　紗耶が嘘《うそ》をついたのだろうか。

昨日、紗耶は六時すぎに帰って来た。どこへ行っていたと詰問《きつもん》すると、澄ました顔で、「学校の帰り、桜子ちゃんの家でお誕生会をやるからと誘われて、そのまま数人の友達と桜子ちゃんちに行った」と答えたのだ。「楽しかった？」と聞くと、目を輝かせて、「いちごの載ったケーキを食べたよ」とまで……。

あれは全部嘘だったのだろうか。

「実は、今日、ここへ寄ったのもそのことなの。ちょっと気になることを小耳にはさんだものだから、それを千鶴さんに知らせておこうと思って」

郁江は半分も喫《す》っていない煙草を灰皿で揉《も》み消すと、やや強張った顔つきになって、そう切り出した。

やはり、高村郁江はたんにコーヒーを飲みに立ち寄ったわけではなく、担任の教師として何か千鶴に伝えにきたのだ。

「昨日、クラスの子が紗耶ちゃんが男の人と一緒に帰るのを見たっていうのよ」

「男の人？」

千鶴の心臓がひとつドキンとうった。

「その子は放課後、紗耶ちゃんと一緒に帰ろうと思ってたらしいのね。そうしたら、一足先に出た紗耶ちゃんが、校門の前で待っていた男の人と一緒に行ってしまったって……」

郁江は喋《しゃべ》りながら、もう一本煙草を探り出した。

「その男の人って……」

千鶴は急に口の中が渇くのを感じた。郁江のために出されたグラスの水を奪って飲み干したい衝動に駆られた。

「親しそうにしていたから、紗耶ちゃんのお父さんかとその子は思ったらしいのね。でも、たしか紗耶ちゃんにはお父さんはいないはずだし、わたしも妙だなってそのとき思って――」

「いくつくらいの人？」

千鶴は郁江の言葉を遮った。

「さあ。その子には紗耶ちゃんのお父さんに見えたっていうくらいだから……」

一雄だろうか。従兄《いとこ》の一雄なら、紗耶と親しく見えたとしても不思議ではない。しかし、なぜ一雄が……？　それに一雄とどこかへ行ったなら、そのことを隠すはずがない。一雄もそんなことは何も言っていなかった。

「わたしも気になったんで、その子に聞いてみたの」

郁江は言った。

「そうしたら、その男の人というのは、背の高い人で、唇のところに傷があったんですって……」

2

背が高くて、唇に傷がある……?

千鶴の脳裏に一人の男の顔がひらめいた。

まさか。

あの男のことだろうか。でも、いつ紗耶と知り合ったというのだろう?

ただあのとき……。

小学校に挨拶《あいさつ》に行った帰り道、母親を乗せた車椅子《いす》を押していたあの男と擦れ違ったときだった。紗耶は妙なことを口ばしった。

パパ、パ、パパと同じ匂いがした。

たしかそうつぶやいたのだ。

千鶴には娘のつぶやきの意味が分からなかった。あの男は少なくとも外見的には高彦と似たところは何もなかった。死んだ夫を思い出させるどんな匂《にお》いも嗅《か》ぎ取る事はできなかった。

あれはどういう意味だったんだろう?

紗耶はあの男から父親を思わせるどんな匂いを嗅ぎとったというのだろう。

「心あたりがあるの？　千鶴さんの知り合いの人？」

高村郁江の声で千鶴ははっと我にかえった。

「え、ええ、ひょっとしたら……」

「ああ、そうなの、知り合いの人だったの。それなら心配することなかったわね。わたしの気の回しすぎだったようだわ」

郁江の強張った顔がとたんに和《やわ》らいだように見えた。

「わたし、こういうことにすごく神経質になっているの……。教師として、というよりも、一人の母親として、いえ、母親だった女として。わかるでしょう？」

郁江は千鶴の目を覗《のぞ》きこむように見詰めた。澄んだ瞳《ひとみ》の奥に底知れぬ闇《やみ》がひろがっているような目だった。

こんな目を遠い昔に見たことがある……。千鶴は郁江の目から目をそらすこともできず、ボンヤリとそう思った。

「わたしの娘のこと、もうご存じよね？」

郁江は火をつけない煙草を手の中で弄《もてあそ》びながら言った。

「去年、娘をなくしたの。事故とか病気じゃないの。殺されたの、誰かに。まだ三つだったのよ。五つのお祝いもすませてなかったのよ。それなのに、生まれてたった三年で誰かにいのちを握り潰《つぶ》されてしまったの……」

裕司が沈鬱《ちんうつ》な表情で流しを片付けていた。千鶴も何を言ってよいやら分からぬまま、ただ黙って郁江の青白い顔を見詰めていた。

「犯人はまだつかまっていないわ。みちるを殺したのが、男なのか女なのか、この町の人なのか、通りすがりの変質者なのか、それすらも分かっていないの。わたしに分かっているのは、誰かがあの子の首を冷たくなるまで絞め続けたということだけ——」

郁江は右手の拳《こぶし》をかんだ。悲鳴がほとばしり出るのを恐れたような顔だった。

「ごめんなさい。変なこと言って」

そして、やっと理性を取り戻したように、口から手を離し、強張った笑顔を作って、気を鎮めるように、煙草に火をつけた。

千鶴は小刻みに震えている郁江の細い中指が煙草のヤニで黄色く染まっているのに気が付いた。

「だから、紗耶ちゃんがお父さんみたいな男の人と一緒だったと聞いて、まさかと思ってしまったのよ。みちるをなくしたわたしにとって、今はクラスの子供たち一人ひとりがわたしの子供なの。護《まも》らなければならないの。二度とあんな事件は起こしてはいけないのよ――でも安心したわ。わたしの取り越し苦労だと分かって」

郁江はそう言って、立て続けに煙草を吹かした。チェーンスモーカー特有の、何かにせきたてられているような、せわしない喫い方だった。

千鶴は複雑な微笑を返した。だが、胸は不安でざわめいていた。

やがて、高村郁江は半分も喫わない煙草を揉《も》み消すと、ふたくちほどしか口をつけなかったコーヒーカップのそばに代金を添えて出て行った。

淡い口紅の痕《あと》を残したコーヒーカップのなかで、琥珀《こはく》の液体はどんよりと冷めていた。

「気の毒な人だよ……」

郁江の気配が消えたあとで、裕司がポツンと言った。

「滋と結婚した頃は、よく笑う快活な人だったのに。みちるちゃんのことがあってから人が変わってしまった。前は人前で煙草なんか喫わなかったのにね」

千鶴は灰皿のなかの口紅のついた二本のねじくれた吸い殻を見た。

「ねえ――さっき言っていた男のことだけど、まさかあいつじゃないだろうね」

裕司がコーヒーカップを洗いながら、ふいに顔を向けた。

「唇に傷があるって――」

何かを思い出したような顔だった。裕司もやはり、あの傷のことを覚えていたのだ。

高村滋があの少年に石を投げつけたとき、たしか近くに裕司もいたはずだった。

「そうかもしれないわ……」

千鶴はボンヤリとつぶやく。機械的にエプロンをはずした。

「なぜ、紗耶があの人と知り合いなのかわからないけど……」

「あの男とはかかわりをもたない方がいいんじゃないのかな。得体の知れない奴だよ。この町に戻ってきて二年ちかくなるけど、いまだに何をやって生計をたててるのか誰も知らないんだ。ときおり、母親の車椅子《いす》を押して散歩しているのをみかけるだけで……。町の者に会っても挨拶《あいさつ》もしない。もちろん付き合いもしない。みんな、あの母子を気味悪がっているよ」

「昔と同じね……」

二十年前もそうだった。あの女は二人の子供と坂の上の白い家に住んでいた。夫はいないらしく、時おり、年配の紳士風の男がステッキをついて女の家に通うのを、町の女たちが目ざとく目撃しては噂《うわさ》の種にしていた。

女は誰とも付き合わなかった。ただ、週に一度、必ず、きらびやかに飾り立てた二人の子供を連れて、よく散歩をしていた。三人の美しい母子にむける、町の人々の視線は異邦人でも見るような排他的で冷たいものだった。

伯母などはこの三人を見掛けると、「ほら、またお神輿《みこし》がいくよ」と憎々しげに言い捨てていたのを千鶴はかすかに記憶していた。

女はそんな人々の視線をはねかえすように、昂然《こうぜん》と頭をあげて真っすぐ前を向いて歩いていた……。

まるで断頭台に向かう王妃のように。

「それに、みちるちゃんの事件のときも、一時妙な噂がたったんだ」

裕司は洗い物の手をとめた。

「噂って？」

「みちるちゃんがいなくなったあたりで、あの二人を見掛けたっていう人がいたんだよ
……」

千鶴は伯母もそんなことを言っていたことを思い出した。

「でも、それが何か？」

「だからね、まさかと思うが——」

裕司が声を低めて言いかけたとき、カウンターの電話が鳴った。

言いかけた言葉を飲み込んで、裕司は受話器を取る。

「はい。ココですが」

そう応えて、相手の話に相槌《あいづち》をうっていたが、その顔がふっと曇った。

「そうですか……。どうもわざわざ知らせていただいてありがとうございました。すぐにうかがいます」

暗い表情でそう言うと電話を切った。

「どうしたの？」

千鶴は心配になって裕司の顔をのぞきこんだ。

「ココが見付かったんだ。捜索願いのポスターを見た人が知らせてくれてね……」

「あらそう。よかったじゃない」

「それが」と裕司は言いにくそうに口ごもった。

「川の中で見付かったっていうんだ……」

「川？」

「死骸《しがい》になって流れていたっていうんだよ……」

「まあ――」

「それも、うろついているうちに川にはまったってわけではないらしい。誰かに絞め殺されてから川に投げ捨てられたらしいんだよ……」

3

千鶴はつんのめるようにして坂道をのぼっていた。見えない手に背中を押されているような歩き方だった。

「ココ」から伯父の家に戻ってみると、悪い予感はあたっていた。土曜日なのに紗耶がまだ学校から帰ってないというのだ。

「友だちの家にでも寄ってるんじゃないかしら」と、晴子や伯母はいたって無頓着《むとんちゃく》だった。

しかし、心あたりの同級生の家に電話してみると、そのなかに、「紗耶ちゃんが男の人と一緒に坂をのぼっていくのを見た」という子供がいた。

坂のうえにはあの白い家がある。

紗耶はたぶんまたあの男の所に行ったに違いない。

そう思いあたると、いてもたってもいられなくなって、サンダルをつっかけるようにして、伯父の家を飛び出して来たのである。

千鶴は長い坂をのぼりきり、肩で息をしながら、その白い家を見上げた。

洋館というにはこぢんまりとした造りだったが、周囲を薔薇《ばら》の垣根で囲った家は、家そのものが外部とのつながりを頑《かたく》なに拒否しているように見えた。

まわりの空気が違っている。

それはまさにささやかな眠りの森の城だった。

垣根にはポツンポツンと咲きはじめた秋の薔薇が、傾きかけた日差しをうけて、目にしみるような深い紅さで輝いていた。

子供の頃、一度だけ、怖いもの見たさに、たったひとりでこの家の前を通ってみたことがある。

あのときは家中のカーテンがしまっていて、誰も住んでいないような静けさがあたりを支配していた。

そのとき、白いレースのカーテンをつけた張り出し窓の方から、誰かが玩具のピアノを指でたたいているような、キンキンという音が聞こえてきた。

玩具のピアノ？

まさかあれをたたいているのは……。

千鶴の足が竦《すく》んだようになった。

子供がめちゃくちゃに鍵盤《けんばん》をたたいているような耳障りな音だった。それはしばらく単調な調子で続いて、はじまったときと同じような唐突さでピタとやんだ。

窓のレースが僅《わず》かに動いて、白い女の顔が覗《のぞ》いた。

あの女だった。

表情のない白い顔が外をながめている。

仮面が窓に浮かんでいるような光景だった。

女の口がちいさく歌でも歌うように動いていた。

千鶴は思いきって、鉄の門を開いて中にはいった。

窓から覗いている女の目玉がジロリと千鶴の方に動くのを感じた。

石段を三段ほどのぼったところにある白い扉の前に立った。加賀史朗《かがしろう》・道世《みちよ》と書かれた表札を見る。

呼び鈴かインターホンを探したが、長い舌を出している怪物の顔をかたどった古風なノッカーしかついてはいなかった。

少しためらったあと、そのノッカーを鳴らした。

しかし、誰も出て来ない。

千鶴はもう一度、前よりも力をこめてノッカーを鳴らした。

窓の女の顔はひっこまなかった。あの男は中にいるはずだ。

しばらくして、扉の向こうに人の近付いた気配があった。が、扉は容易に開かず、

「どなた」と警戒するような男の声がした。

「相馬千鶴です。こちらに娘がご厄介になっているはずです。迎えにきました」

千鶴はやや癇《かん》走った声で言った。

奇妙な沈黙があり、やがて、施錠を解く音がした。扉が内側にゆっくりと開かれ、あの男、加賀史朗が立っていた。

いつか小学校のそばで擦れ違ったときと同じ恰好《かっこう》だった。白いワイシャツの上に無造作に羽織った焦げ茶のカーディガン。

加賀は頭ひとつぶんだけ小柄な千鶴を冷ややかな目付きで見下ろした。

「何か？」

まるで動物園の猿でも見るような目付きだわ。千鶴は思わず頭に血がのぼった。

「娘を返してください。迎えにきたんです」

自分でもぎょっとするようなヒステリックな声だった。この家にはいったときから、押えようのない気持ちの乱れを感じていた。紗耶の身が心配というだけではないような異様な心臓の鳴り方だった。

加賀は黙ったまま、千鶴の言葉が理解できないとでもいうように、つったっている。

「聞こえないんですか。ここにいることはわかってるんです。あなたと一緒だったのを見た人がいるし、あ、あれは娘の靴です」

千鶴は三和土《たたき》に脱いであった、小さな赤い靴を指さした。

「わめかなくても聞こえてますよ」

無表情だった男の口元に人を小馬鹿にしたような微笑が痙攣《けいれん》のようにひらめき、「まあ、どうぞ」と扉をさらに中に開いた。

顔立ちが端麗《たんれい》なだけに、唇のひきつれが醜く目についた。

「中にはいる必要はないわ。娘を出してください。すぐに連れて帰りますから」

千鶴はその場を動こうとはしなかった。

「返せとか出せとか人聞きの悪いことをいう人だな。べつに誘拐《ゆうかい》してきたわけじゃないですよ」

加賀がそう呟《つぶや》くと、なめした革のような頰《ほお》を片手で撫《な》でた。

その手になにげなく目をやった千鶴は、蜘蛛《くも》を思わせる痩《や》せこけた細長い指に赤いものがついているのに気が付いて、ドキリとした。

血？

「早く、娘を――」

あとは掠《かす》れて声にならなかった。

「とにかく、中に入って」

男は押し問答に業《ごう》を煮やしたように、千鶴の腕をつかんで中に引っ張り入れ、素早く扉を閉めた。

「どうぞ」

スリッパを放り出すと、顎《あご》をしゃくって、「こっちです」と言って奥に入って行った。

千鶴はなんとなく後ろを振り返りながらついて行った。

廊下のはてにある扉をあけると、広く明るい部屋があった。その板敷きの床の真ん中に椅子《いす》が据《す》えられていて、そこに紗耶が腰掛け、驚いたように母親を見ていた。

4

紗耶は背もたれの高い椅子に腰掛けて人形を抱いていた。人形は安物のゴム人形ではなく、ビスクドールと呼ばれる高価なフランス人形だった。

千鶴はその部屋にはいったとき、あっと思った。ある匂《にお》いが鼻をついたからだ。それが千鶴の忘れていた記憶を呼び起こした。

この匂い……。

そうか。この匂いのことだったんだわ。

紗耶がいつか言っていた、「パパと同じ匂い」という言葉の意味がやっと分かった気がした。

それはテレピン油と油絵の具の混じったような独特な匂いだった。

この部屋はアトリエだった。

日当たりの良い、ガランとした広い部屋の隅には使い古した大小のキャンバスが重ねて立て掛けられている。

いつだったか高彦が、学生の頃に趣味にしていた油絵をまたはじめると突然言い出して、イーゼルと油絵の具を買ってきたことがあった。

そして、それで紗耶の肖像を描きはじめたのだが、絵が完成する前に描き手をうしなった。紗耶の肖像は半分だけ色を塗られたまま、永遠に完成することなく、今も高彦の他の遺品と一緒にトランクのなかで眠っている。

紗耶は加賀史朗と擦れ違ったとき、敏感にも、男からこの油絵の具の匂いを嗅《か》ぎ取ったに違いない。それが父親を思わせたのだ。

「あなた、画家なの？」

千鶴はあっけにとられて訊《き》いた。が、加賀はそれには答えず、身をかがめて、床に散らばった絵の具やパレットを片付けはじめていた。

イーゼルに立て掛けられた描きかけの絵を見て、千鶴はぞっとした。そこには人形を抱いて椅子《いす》に座っている少女の絵が描かれていた。

千鶴がぞっとしたのは、そこに描かれている少女が紗耶ではなかったからだ。

それは赤い絹の衣装をつけた、等身大のビスクドールだった。ビスクドールは腕に人形を抱き、胸にブルネットの髪をたらし、可愛《かわい》いというには、あまりにも青く冷たい、凍り付いた彗星《すいせい》のような目をして椅子に腰掛けていた。

ビスクドールが抱いている人形の顔が紗耶だった。

加賀はどういうつもりなのか、ビスクドールを抱いた紗耶をモデルにして、紗耶の顔をした人形を抱いたビスクドールを描いていたのだ。

この人間と人形を逆さまにした奇怪な描き方に、千鶴は、何か悪魔的なものを感じて背筋が寒くなった。

そういえば、北の隅の棚には何体かのビスクドールが飾られていた。いずれも紗耶が抱いているのと同じ、豪奢《ごうしゃ》な絹の衣装をつけて、ブルネットの髪を肩にたらし、鋭く青い目を人間たちに注いでいる。

壁に立て掛けている絵もすべて人形しか描かれていなかった。横たわっているもの、椅子に腰掛けているものと、ポーズはさまざまだったが、すべてが人形だった。

風景画もなければ、他の物を題材にした静物画もない。人間を描いたものなど一枚もなかった。

死人のような青白い膚《はだ》に、硬く冷たい目をした人形だけが、何年もデッサンの訓練をして身につけた専門家特有のリアリスティックなタッチで、生けるもののように描かれていた。

あなたは人形しか描かないの？

そう問いかけようとしたとき、絵かきの方が身をかがめたまま、先に口をひらいた。

といっても、千鶴に話しかけたのではない。椅子に腰掛けている少女にむかってである。

「お母さんが迎えにきたからもういいよ」

千鶴はこの言葉に、紗耶が待ちかねたように椅子から滑り降りて自分の方に飛んでくるのを期待したが、紗耶は困ったように椅子の上で身じろぎしただけだった。

「もうできたの？」

人形を抱いたまま不満そうな声で言った。

「いや、もう少しだが。でも、もういいよ。お母さんが一刻も早く連れて帰りたいそうだから。今日はこれでおしまいだ」

加賀は、あてつけがましく絵の具箱を音をたてて閉じると、立ち上がり、イーゼルにかけておいたボロ布で手を拭《ふ》きながら、皮肉の混じった口調で冷淡に言った。

「だったらまだいる」

少女はキッパリとそう言った。

「だそうですが？」

画家は今度は千鶴の方を見て厭《いや》な笑い方をした。

「紗耶。帰るのよ」

千鶴はここに来た目的を思い出して娘に言った。わけもなく腹がたって声がきつくなった。

「いやだ。ここにいる」

「帰るのよ」

つかつかと椅子の所まで行くと、娘の肩をつかんで、力ずくで引きずりおろそうとした。「やだってば」

紗耶は時折千鶴を悩ませる恐るべき強情さを見せて、椅子の背にしがみついた。千鶴はそれを引きはがそうとした。しがみつく。ひきはがす。小競り合いの末に、娘は肩にかけられた母親の手にかみついた。

千鶴はかみつかれた手を思わず引きながら、息を弾ませ上目遣いで睨《にら》みつけている娘に一瞬憎悪をおぼえた。

なにをするの、この子は。

顔から血がひいて自分の顔が蒼白《そうはく》になるのを感じた。

「これでお分かりでしょう？　ぼくが娘さんを無理やり連れてきたわけではないことが。彼女の方が――」

と顎《あご》で少女をさししめして、加賀は言った。

「勝手についてきたんですよ。たまたま小学校の前を通り掛かったら、彼女の方から話しかけてきたんです」

「嘘《うそ》だわ。この子は人見知りの強い子なんです。知らない人に自分の方から話しかけるなんてことするはずがないわ」

千鶴はカッとして言い返した。

加賀が、まだ小学生の紗耶のことを、「彼女」などとまるで大人の女のことを言うように言ったことが、なぜか千鶴の神経をよけい苛立《いらだ》たせた。

「嘘じゃないもん。おじさんの言うとおりだよ、ママ」

そう言ったのは紗耶だった。

なんなの、この二人は。グルになってわたしを笑いものにしようとしているの。不安でいてもたってもいられなくなって駆けつけてきたというのに。

千鶴は腹立たしさと情けなさで涙が出そうになった。

「とにかく帰るのよ」

その一言にしがみついて、また娘の肩をつかもうとしたときだった。

突然、廊下の方から、わああという獣の咆哮《ほうこう》にも似た凄《すさ》まじい叫び声が聞こえてきた。

千鶴は頭から水を浴びたような気がした。紗耶の顔にも脅えの色がさっと走った。

咆哮はもう一度聞こえた。

加賀の口元から薄笑いが消えていた。

5

「な、なに、今の声は？」

うろたえながら訊《き》くと、加賀は苦い顔をして、「母だ」と答えた。

母？　あれが人間の声なの？

千鶴は信じられない思いがした。あれが、あの獣の咆《ほ》えるような声が女の声なのか。

「また癇癪《かんしゃく》を起こしているらしい」

加賀はそう呟《つぶや》くと、慌ててアトリエを出て行った。

千鶴もおっかなびっくり後に続いた。

加賀は玄関そばのドアを開けて入っていった。あうう、あううという耳をふさぎたくなるような叫び声のあいまに、「お母さん、そんなことをしたら駄目ですよ」と宥《なだ》める男の声が漏れ聞こえてくる。

千鶴は開いたままになっていたドアから中を覗《のぞ》きこんだ。華やかなペルシャ絨毯《じゅうたん》を敷き詰めた部屋はまるで玩具箱《おもちゃばこ》をひっくりかえしたような有り様だった。

赤い玩具のピアノに色とりどりの手毬《てまり》、おはじき、千代紙、ままごとの道具が散乱している。その真ん中に、年老いた女がペタリと座りこんでいた。女はレースやフリルのたくさんついたネグリジェのような白い裾長《すそなが》のドレスを着て、白髪の混じった髪を、贅《ぜい》肉《にく》のついた肩や胸にしどけなくたらしていた。

顔にはべったりと白粉《おしろい》が塗られ、唇には人を食ったあとのような真っ赤な毒々しい口紅が塗りたくられている。

女の顔が仮面のように見えたのは、膚《はだ》の白さというよりも、この白壁のように塗られた白粉のせいだった。

　女は床に座りこんで奇怪な動作を繰り返していた。右手に金髪をした安物のゴム人形を持ち、左手に翠《みどり》色の細長い花瓶を持って、人形を頭から花瓶の口にぐいぐいと押し込もうとしているのだ。しかし、人形の頭の方が花瓶の口より僅《わず》かに大きく、なかなか思うように中に入らない。それでとうとう癇癪を起こしたようだった。

「お母さん、お母さん。駄目ですよ。そんなことをしちゃ」

　加賀は千鶴に話し掛けたときとは別人のような優しい声であやしながら、母親の染みと血管の浮き出た手から人形を取りあげ、さらに花瓶も取りあげた。

　花瓶には薔薇《ばら》が挿してあったらしく、あたりに飛び散った黄色い花を拾い集めて、また花瓶に挿した。

　それを元あった所、張り出し窓の棚の上に置くと、女は這《は》って行ってそれをつかみ、薔薇をふたたび引っこ抜いて、替わりに、また人形を中に押し込もうとする。

　加賀はあきらめたように溜息《ためいき》をついた。

「何をしているの？」

　千鶴はおそるおそるたずねた。

「わからない。時々、発作をおこしたように、あの動作を繰り返すんですよ。いくらやめさせようとしても飽きるまでけっしてやめない……。たぶん、あの花瓶は——」

加賀は夢でも見ているような声で言った。

「母にとって子宮なのかもしれない……」

「シキュウ？」

千鶴は聞き返した。

「母はあの人形をもう一度子宮に戻そうとしているのかもしれない。あの人形が生まれる前に、ルリ子が生まれる前の状態に」

ルリ子……。あのゴム人形が三つで死んだ、あの女の娘だというのだろうか。

千鶴は愕然《がくぜん》として、奇妙な動作を繰り返している老いた女を痛ましい思いで見詰めた。

「いつからこんな風に？」

「ルリ子が、妹が、死んで少したった頃からおかしくなった。見かねて父は、といっても母にとっては戸籍上の夫ではなかったが、母を病院に入れ、ぼくを引き取ったんですよ。父の正妻には男の子がなかったので養子になったんです。そして父がなくなったあと、ぼくはあの家を出て、長い間、病院にはいっていた母を手元に引き取った」

加賀はまるで昨日のことのように話した。

「足が不自由のようだけど……？」

「歩けないんです。なぜ歩けないのか医者にも分からないそうだ。病院に入っている間にああなってしまったので、ぼくにも詳しいことはよく分からないんだが。何か精神的なことが原因らしい。けっして立って歩こうとしないんだ……」

そのとき、花瓶に人形を無理やりつっこもうとしていた女の動作がピタと止まった。

女の光のない目がドアのそばに立っていた千鶴の方にひたと据《す》えられていた。

千鶴はぎょっとした。女の目に一瞬何か凶暴なものがひらめいたような気がしたからだ。

女は人形と花瓶を放り出すと、千鶴の方に這《は》ってこようとした。それを、加賀が何かを察知したように抱きとめた。

女はまた獣のような声を出して、羽がいじめにしている息子の腕のなかで暴れた。

どうしたのだろう、急に？

千鶴は動転しながら思った。わたしのことを思い出したのだろうか。

「その子を向こうに。早く」

加賀の声に千鶴ははっとした。後ろを振り返ると、いつのまにか、紗耶が立っていた。

紗耶はビスクドールを抱いたまま、目を見開いて、女を見ていた。

加賀道世の凶暴な視線は千鶴ではなく、もっと下のほう、千鶴の後ろに立ち尽くしていた紗耶に向けられていたのだ。

「その子を連れて早く出て行ってくれ」

千鶴はなにがなんだかわからないまま、紗耶の手を引いて部屋から出た。道世の叫び声が聞こえる。三和土《たたき》に裸足《はだし》のまま飛び下りると、サンダルを急いではいた。靴をなかなかはけないでいる紗耶を抱えるようにして外に出た。門を出たところで、急に紗耶が立ち止まった。

「人形、持ってきちゃった」

とまどったように言う。

あの赤い絹のドレスを着たビスクドールが娘の腕のなかにあった。

「ママが返してくるから」

千鶴は人形をひったくると引き返した。

開いたままの玄関に飛び込むと、ちょうど加賀史朗がさっきの部屋から出てきたところだった。

「こ、これ、娘が持ってきてしまって」

千鶴が差し出した人形を、加賀は後ろ手でドアを閉めたあとで受け取った。

「どうして、あの人は娘を見て急にあんな風になったの？」

「さあね。おそらく娘さんを見て、あなたのことを思い出したんじゃないのかな」

冷たい声で言った。

発作は鎮まったのか、ドアの向こうはしんと静まり返っている。

男はドアの向こうに老いた母親の狂った魂を封じこめたとでもいうように、しっかりと後ろ手でドアを押えながら続けた。

「母の時間はとまってしまっているんだよ。二十年前から。だから、今のあなたを見ても誰だか分からない。でも、娘さんを見てあなたを思い出したんだ。あの六人の子供たちのなかでも一番憎んだ柏木千鶴という女の子のことを」

6

その夜、千鶴はなかなか寝付かれなかった。

茶の間の柱時計がボーン、ボーンと闇《やみ》を震わせて二時を打つのを、かすかなためいきと共に聞いていた。

昼間、あの男、加賀史朗から浴びせられた言葉が抜けない刺《とげ》となって胸の奥深くに突き刺さっている。

加賀は母親が一番憎んでいたのは千鶴だと言ったのだ。六人の子供たちのなかで、よりにもよって、唯一あの母子に優しさをしめそうとした千鶴を一番憎んだというのだ。

「どうして？　どうして、わたしが一番憎まれなければならないの？」

千鶴は思わずそう問い返した。闇のなかで目を開けて、昼間の加賀とのやりとりを思い出していた。

「あのとき、あなたが妹を仲間にいれてやろうと言い出しさえしなければ、妹は、ルリ子はあんな目には遭《あ》わなかった。母はそう考えたんだろう」

「そんな馬鹿なことって。わたしはただ――」

わたしはただ、町の人から白い目で見られている母子が気の毒な気がして、親切にしてあげたかっただけだ。

伯母はことあるごとに母に向かってあの母子の悪口を言っていたが、母の喜美《きみ》はけっしてそれに同調することはなかった。いつも困ったような顔をして黙っていた。

わたしはそんな母の胸のうちが子供心にも分かっていた。夫を失って、実家というよりも、すでに兄のものになってしまった家で、幼い娘を抱えて肩をすぼめるようにして生きてきた母は、あの根無し草のような母子にどこか自分と似たものを感じ取っていたのかもしれない。

だから、わたしも……。

「たしかに母の考えはおかしい。憎む相手を取り違えている。母が憎まなければならないのは、妹を殺した犯人のはずだ。だが、結局、その犯人はつかまらなかった。どこの誰とも見当さえつかなかった。母には恨む相手が必要だったんだ。胸のうちにどす黒く溜《たま》ってしまった憎しみをぶつける相手が。殺人犯がつかまらなかった以上、その憎しみは、幼いルリ子を廃寺の境内に置き去りにしてよそに遊びに行ってしまったきみたち六人の子供、ルリ子の死の原因を作った子供たちに向けられるしかなかったんだ……」

加賀は冷ややかな声で続けた。

「人を憎むのは理屈じゃない。理性ではどうしようもない感情に支配されてしまうんだ。でも、母には今のあなたは目に入らない。今のあなたは一人の見知らぬ大人の女でしかないからだ。母の狂った頭に残っているのは、七歳だったあなたの姿だけなんだ」

そのあと、加賀はもうここへ紗耶を来させない方がいいとも言った。むろん、言われるまでもないことだった。二度とあそこには行かせるものか。千鶴はそう思った。

何度めかの寝返りをうって、傍らで眠っている娘の方を見た。紗耶は少し口を開けて眠っていた。

昼間のことが腹だたしかったので、いつも寝る前に読んでやる童話の本も読んでやらなかった。なぜ母親が本を読んでくれないのか、察したらしく、いつものようにせがむこともなく、紗耶はおとなしく布団にもぐった。すぐには眠れないらしく、しばらくもぞもぞやっていた。が、そこは子供で、そのうち、安らかな寝息が聞こえてきた。

おかしな子だわ……。

千鶴はもう一度ためいきをついた。

自分の娘ながら、時々何を考えているのか分からなくなることがある。

どうして、この子はあの男に自分の方から話し掛けるようなことをしたのだろう。あんなにたやすく坂の上の家についていったのだろう。物心ついた頃から、人見知りが激しくて、容易に他人になつかない子が……。

千鶴は不思議な生き物でも見るように、眠っている少女を見た。

そういえば、この子は小さいときから、異常に「匂《にお》い」に敏感だった。千鶴には嗅《か》ぎ取れないような微妙な匂いを嗅ぎ取って、激しい好悪をしめした。

いつだったか、幼稚園の若い女の先生のことを、「嫌いだ」と言って、どんなに叱《しか》ったりなだめたりしても幼稚園に行くことを拒んだことがあった。理由をきくと、「あの先生は血の匂いがするから厭《いや》だ」と言う。妙なことを言う子だと思ったが、あとで相談に行くと、その若い保母から生理日だったことを打ち明けられた。

紗耶は犬のような鋭敏さで、若い保母の身体《からだ》から僅《わず》かに流された血の匂いを嗅ぎ取っていたのだ。そして、それに激しい嫌悪をしめしたのである。

ただ、紗耶が嗅ぎ取るのは、たんなる物理的な匂いだけではないらしい。匂いに象徴された、何か精神的なものをも感じ取ることができるらしい。

しばらくして、千鶴の目には、いたって健康的で屈託のない若い女性にしか見えなかった、その保母が、同棲《どうせい》していた男をナイフで傷つけるという事件を起こして辞めたことを知った。

紗耶が嗅ぎ取ったのは、明るく清潔に見えた若い女の皮膚からふつふつと滲《にじ》み出ていた、目には見えない暗い情念の匂いのようなものだったのかもしれない。

だから、加賀についていったのは、加賀の身体から何か、油絵の具の匂いだけではない、何かの匂いを感じとったせいかもしれない。

しかし、それは紗耶にとってけっして安全な匂いではない。千鶴はそう確信していた。時として、危険な香りであるがゆえに、人は否応《いやおう》なくひきつけられることがある。

紗耶は加賀のなかに、若い保母から嗅ぎ取った、あの「暗い女の匂い」とは反対の何かを感じ、それにひきつけられたのではないだろうか。

七歳の子供が？

千鶴は闇《やみ》のなかでしか思いつけないような考えに慄然《りつぜん》とした。それはひどく忌まわしい考えのような気がした。考えてはいけないことのような……。

とにかく、あの男に紗耶を近付けてはいけない。あの狂った母親も危険だ。あの女は紗耶をわたしと思いこんでいる。何をするか知れたものではない。

そうだ。明日、山内厚子のところに電話して、月曜から、桜子ちゃんと一緒に下校させてくれるよう頼んでおこう。

一人にしておいたらまたあの家に行ってしまうかもしれない。

担任の高村郁江にも事情を話して、あの男が娘に二度と近付かないように見張ってもらおう……。

千鶴がそう決心すると、やっと不安が薄らいだ気がした。安心すると、瞼《まぶた》のうえにささやかな重みを感じた……。

しかし、千鶴は気が付いていなかった。

紗耶を加賀に近付けたくない。

娘を危険な男から護《まも》ろうという、母親としての気負いたった気持ちの裏側深くに、もっと別の感情がこっそり忍んでいたことを。

一筋のねじれた赤いこよりのような感情が……。

第四章　どの子をこころ

1

月曜日。

下校時のチャイムの音が鳴り響き、小学校の門からは子供達の群れが吐き出されてきた。

髪にふりかかる銀杏《いちょう》の葉を払いながら、相馬紗耶が校門を出ようとしたとき、後ろから駆けてきた山内桜子に声をかけられた。

「紗耶ちゃん、一緒に帰ろう」

桜子は息を弾ませて追い付くと、そう言って、紗耶の手を素早く握った。とっさに手を振り払いたい衝動に駆られたが、紗耶はぐっと我慢した。

桜子ちゃんの手、嫌い。なんかベトベトしている。

汗でねばっている級友の手に軽い嫌悪を感じながらも、紗耶は桜子と肩を並べて歩きはじめた。

校門を出るとき、もしかしてと思って、振り返ってみた。一年三組の窓が見える。案の定、担任の高村郁江が白いカーテンをひきながら、やや心配そうな面持ちで窓からこちらを見ていた。

見張ってるんだ。

紗耶はそう思った。

昨日、母親が山内桜子の家と、高村郁江の家に電話をしているのを聞いてしまった。母親は、「あの男」のことを話していた。

それで今日、登校するとすぐに高村先生に呼ばれて、下校は必ず山内桜子と一緒にすること、よその人のあとにはけっしてついていってはいけないことを、ややきつい口調で言い渡された。

先生はすごく神経質になっているように見えた。あの先生、あんまり好きじゃないなと紗耶は思った。

「わかった?」

先生は職員室で紗耶の顔をのぞきこんでそう言った。他の先生たちがもの珍しそうに二人を見ていた。紗耶はすぐに返事をしなかった。

そうしたら、先生はびっくりするようなヒステリックな声になって、「わかったかって聞いてるのよっ」とどなった。

あんな声だすなんて。奇麗で優しい顔をしているから、よけいびっくりしてしまった。ママもときどき、ああいう風にとつぜん声を張り上げたりする。顔がひきつって別人みたいになる。鬼みたいだ。

紗耶は嫌いだ。ああいうの。女の人がヒステリー起こすときの顔って嫌いだ。声も嫌いだ。

「桜子ちゃん、先生のこと、好き？」

紗耶は校門を出て、ゆるやかな坂道を級友と歩きながら、ふとたずねてみた。目は知らずのうちに、あの男の姿を探していた。が、男の影はどこにもない。

「高村先生？」

歩きながら桜子が問い返す。

「あたし、好きだよ。優しいし奇麗だもん」

「でもね、朝、鬼みたいな顔して怒ったよ。よその男の人についていってはいけません。わかったのって。こーんな顔して」

紗耶は手で両目を吊《つ》り上げてみせた。

「怒ったのは、紗耶ちゃんのこと、心配してるからだよ」

桜子が妙におとなびた口調でいった。そして、声をひそめ、秘密を打ち明けるように付け加えた。

「あのねえ、紗耶ちゃん、知らないかもしれないけど、あの先生の子供がねえ、去年、殺されたんだよ」

紗耶は驚いて立ち止まった。

「うそ？」

落ち葉が紗耶の赤毛をかすめて舞い落ちた。

「うそじゃないよ。お寺で一人で遊んでいたときに誰かに首を絞められてねえ、井戸の中に捨てられてたんだから」

桜子も立ち止まり、囁《ささや》くようにいった。男の子のように短い髪をして、紗耶より少し大柄で、前歯が欠けている。

「みちるちゃんていって三つになる女の子だったの。あたし、よく遊んであげたからおぼえてる。目のパッチリしたお人形さんみたいな子だった。あの日もあたしは――」

桜子はそう言いかけて、何か厭《いや》なことでも思い出したように眉《まゆ》をひそめた。

「なんで、その子、殺されたの？」

「わかんない」

桜子は首を振った。

「その子を殺した犯人はつかまったの？」

紗耶は思い出したように歩きはじめながら言った。

「ううん。まだ犯人はそのへんにいるかもしれないんだよ。うちのママはヘンシツシャの仕業じゃないかって言ってた。だからね、紗耶ちゃんもよその男の人についていかない方がいいよ。首しめられて殺されちゃうかもしれないよ……」

桜子は自分の首を片手で絞める真似をして、ゲエッと舌を出してみせた。

紗耶は歩きながら俯《うつむ》いて自分の靴先をみつめた。高村先生の子供がヘンシツシャに殺された。それで、あの先生はあんなに怖い顔をしたのか……。

紗耶はふと川辺で見た白い猫の死骸《しがい》を思い出した。あの猫も首を絞められたのかしら……。

「その子が殺されたお寺ってどこにあるの？」

紗耶は好奇心を出してたずねた。

もしかしたら、いつだったか、ママと一緒に歩いたところかな。あのおじさんに帰りにあった……。

「この道を左に曲がって、ずっと行ったところだけど……」

桜子が不安そうな顔をした。

「ねえ、そこへ行ってみない？」

紗耶の目が暗い輝きを放った。

「だめだよ。ママや先生からあそこには行っちゃいけないって言われてるもん」

「いいじゃない。ちょっとだけなら」

紗耶は渋っている桜子の手をひっぱった。

「黙ってればわからないよ」

「あたし、厭《いや》だ。だって、あそこ、昔も女の子が殺されたってとこだもの」

桜子の目が脅えたように大きくなった。

「え？」

「やっぱり三つになる女の子が首を絞められて井戸に投げ込まれていたんだって……」

「井戸ってお寺の中にあるの？」

「もう埋めちゃったよ」

「ねえ。行こうよ。ちょっと見るだけだから」

「厭。あそこ、行っちゃいけないところだもん。ママや先生に叱《しか》られるもん」

「桜子ちゃん、怖いの？」

紗耶は蔑《さげす》むような目で級友を見た。

「こ、怖くなんかないけど」

「いいよ。一緒に行かないなら、紗耶、一人で行くから」

紗耶は怒ったように言って、桜子の手をパッと放した。ずんずん先に立って歩き始める。

背後の桜子のとまどったような気配を感じながら。

「あっ、いっけない」

桜子の声がした。振り返ると、級友は持っていた手提げの中をのぞいている。

「どうしたの？」

「体操服、お教室に忘れてきちゃった」

桜子はそう言って、わざとらしく舌を出した。

「ちょっと取ってくるね」

そう言うと、空色のスカートを翻らせて、一目散に学校の方角に駆けて行った。

紗耶はポカンと級友の後ろ姿を見送っていたが、桜子ちゃん、本当に忘れ物なんかしたのかな、と疑った。

高村先生の子供が殺されていたというお寺に行くのが怖いもんだから、あんな嘘《うそ》をついて逃げたんじゃないかしら。

紗耶は意地悪くそんなことを考えた。

あたしは怖くないもん。一人でだって行けるもん……。

道が二股《ふたまた》に分かれていた。右へ行けば家の方角だった。が、左手に曲がれば廃寺のある方角だ。

紗耶は少しまよってから、左の方に曲がった。

2

高村郁江は教室の窓から身を乗り出して、黒板拭《ふ》きを叩《たた》くと、それでまた黒板を拭きはじめた。

これで五度めだ。

隅から隅まで拭き清められた黒板は、まるで新品のように輝いていたが、郁江にはまだ薄汚れているような気がしてならなかった。

子供の頃から潔癖症の気があった。外から帰ってくると、たいして汚れていなくても、手の皮が擦りむけるほどに石鹸《せっけん》をつけて洗わなければ気が済まない性格だった。母親がばい菌恐怖症で、小さいときから人一倍神経質に育てられたせいもある。おまけに嫁ぎ先の姑《しゅうとめ》という人が実母に輪をかけた潔癖症で完全主義者だった。

郁江の清潔好きは結婚してからさらに磨きがかかったのである。

一種の就眠儀式にも似た行為かもしれない。郁江はチョークの汚れがまったくなくなるまで黒板を拭き清めないと、安心して教室をあとにすることができなかった。

黒板が汚れたままだと、家に帰っても身体《からだ》が汚れているようで落ち着かないのだ。夫の滋などはそのへんのところがいたって無頓着《むとんちゃく》で、袖口《そでぐち》にチョークの粉をつけて帰ってても平気な顔をしている。

あれはどういう神経なんだろうと、郁江はしばしば呆《あき》れた。滋も姑の多喜子《たきこ》が生きていた頃は母親の目を気にしてか、何かと身奇麗にしていたが、母親が亡くなってからは、人が変わったように身なりに構わなくなった……。

郁江は黒板を拭き終わると、また窓から身を乗り出して、黒板拭きを叩いた。窓のカーテンを引き、今度はチョークの粉で薄く汚れた自分の両手を見た。手入れを怠らない奇麗な爪《つめ》に赤いチョークの粉がうっすらとつまっているのを見て眉《まゆ》をひそめた。

教師という職業は好きだった。小さな子供が好きだったから、保母か小学校の教師になりたいと学生の頃から思っていた。だから、子供が生まれて、子育てに専念するために教師をやめたときはつらかった。

厳格な姑と鼻突き合わせて自分の子供を育てる毎日よりも、たくさんの子供たちに囲まれて教師をやっている方が性にあっている、みちるの手がかからなくなったら、すぐにでも職場に戻りたいと、郁江はいつも願っていた。

でも、このチョークの粉にはいつも悩ませられる……。

郁江はハンカチで手を拭きながら教壇をおりた。早く石鹸で洗わなければ……。

そのとき、廊下の方から誰かが駆けてくるような足音がして、教室の引き戸ががらっと開いた。

息をきらせて入ってきたのは山内桜子だった。

「あら、桜子ちゃん。どうしたの?」

「体操服、忘れちゃったんです」

桜子は頰《ほお》を赤くほてらせたまま、自分の席まで行った。

郁江は戸にかけるカバン錠を持って、戸口のところで桜子が出るのを待ちながら、ふとたずねた。

「紗耶ちゃんは?」

さっき、窓から見たときには、紗耶と桜子が手をつないで校門を出ようとしていたので安心していたのだが……。

「さあ」

桜子は首をかしげた。

「さあって、一緒に戻ってきたんじゃないの?」

「ううん」

桜子はもじもじしながら言った。

「それじゃ、紗耶ちゃんはひとりで帰ったの?」

郁江の声が鋭くなった。

「だって……」

桜子の口がへの字に曲がった。

「一緒に帰りなさいって先生、言わなかった?」

「でも……。あたし、紗耶ちゃんのお守りじゃないもん」

桜子は口のなかで呟《つぶや》くように言った。

「それに、紗耶ちゃん、あのお寺に行こうって言ったんです」

高村郁江の顔が強張った。

「なんですって――」

「みちるちゃんのこと話したら、あそこに行ってみたいって言い出して――」

「いけないっ」

郁江の声がいきなり鞭《むち》のように少女を打った。桜子は首をすくめた。

「あそこに行ってはいけないわ。何度言ったら分かるの？　あそこでみちるがどんな目にあったか、桜子ちゃん、あなたは誰よりも知ってるはずよ？」

「だ、だから、あたしは、行っちゃいけないって言ったんだけど、紗耶ちゃんがどうしてもって――」

女教師の見幕に、桜子は半分べそをかいたような顔になった。

「紗耶ちゃんはそれであそこへ行ったの？」

郁江は桜子の肩を両手でつかんだ。

「わ、わからない。でも、一人でも行くって言ってた。先生、痛い」

少女が小さな悲鳴をあげたので、はっと我にかえって郁江は教え子の華奢《きゃしゃ》な肩から手を放した。

「いいわ。桜子ちゃん、あなたはもう帰りなさい。先生がこれから行ってみるから」

教え子の顔を覗《のぞ》きこんでそう言うと、山内桜子は脅えたような目をして、大きく頷《うなず》いた。

3

「ココがいないとなんだかさびしいわねえ」

山内厚子はコーヒーを一口飲んでから、しみじみとした口調で言った。コーヒー一杯で一時間もねばっていた酒屋の松田尚人がみこしをあげると擦れ違いに、今度は厚子が入ってきたのだ。

「ひどいことする奴がいるもんだよ。首を絞めてから川に投げ捨てるなんて。なんの恨みがあるっていうんだ」

土屋裕司はまだ忿懣《ふんまん》さめやらぬという声でごしごしとカウンターを拭《ふ》いた。

「猫の首を絞めるなんて、どういうつもりなのかしらね」

厚子が言う。

「なんか面白くないことでもあって、ムシャクシャしているときに、ココを見掛けたんじゃないのかな。それで鬱憤《うっぷん》晴らしのつもりでやったんじゃないだろうか」

「でも、まだ猫でよかったわよね。首を絞められていたって聞いたとき、あたしなんか、去年のみちるちゃんの事件をふと連想してしまったのよね。殺されたのが子供だったら大変だったわ」

「ずいぶんなこと言うなあ。猫なら殺されてもいいのかよ」

裕司がムッとしたように言い返した。

「いいってわけじゃないけどさ」

「ココは子供のいない俺たち夫婦にとっちゃ、我が子も同然だったんだぜ。生まれたときから育ててきたんだからな。あんたにはたかが猫一匹にすぎないかもしれないが、俺や女房にとってはただのペットじゃなかったんだ。女房なんか、俺以上にかわいがってたから、ココが殺されたなんて知ったら、ショック死しかねない」

「ショック死しかねないって、まだ知らせてないの？」

厚子は呆《あき》れたように言った。

「知らせてないよ。ふつうの体じゃないんだから、ショックを受けるようなことは耳にいれたくないんだ」

「ごちそうさま。いつからそんな愛妻家になったのよ？」

厚子は肉感的な唇に薄笑いを浮かべた。

「あんただって、自分の子供を殺されてみれば、この気持ちがちったあ分かるさ」

「変なこと言わないでよ」

「俺はココがいなくなって、はじめて滋や郁江さんがどんなにつらかったか、やっと分かったような気がするね」

「さてと、そろそろ予約のお客さんが来る頃だわ。娘も帰ってくる頃だし」

厚子は幾分うんざりした顔で止まり木から立ち上がった。

そのとき、カウンターの電話が鳴った。出たのは裕司だった。裕司は受話器を洗い物をしていた千鶴の方に差し出した。

「伯母さんから」

「伯母さん？」

千鶴は驚いたように顔をあげた。

伯母がなんの用だろう？

エプロンで濡《ぬ》れた手を拭《ふ》いてから受話器を取った。

「千鶴ちゃん？　あたしだよ。すぐに帰った方がいいよ」

伯母のややうろたえた声が耳に飛び込んできた。

「何かあったんですか」

千鶴の胸はそぞろに騒ぎはじめた。紗耶？　紗耶に何かあったのだろうか。

「紗耶ちゃんがね……」

「さっき、高村先生から電話があって、紗耶ちゃんが家に帰っているかってきくんだよ」

高村先生から電話？　高村郁江がなぜそんなことをわざわざきくのだろう？

千鶴の心臓が鳴り出した。

「紗耶、まだ帰ってないんですか」

何か言おうとした伯母の声を遮って、千鶴は言った。

「それがね……」

「帰ってないんですね」

「まだね……」

伯母の返事は歯切れが悪かった。

「なんでも先生の話では、紗耶ちゃん、学校の帰りにあそこに行ったらしいんだよ。それで、高村先生がすぐに行ってみたそうなんだけど、いなかったんだって。で、もしかしたらうちの方に帰ってるんじゃないかって――」

「でも、紗耶は桜子ちゃんと一緒のはずですよ」

思わずそういうと、厚子がこちらを見た。

「校門は一緒に出たらしいんだけど、途中で桜子ちゃんが忘れ物をしたとかで別れたらしいんだよ……」

「わかったわ。すぐに帰ります」

千鶴は伯母のくどくどとした説明にいらだって受話器をたたき付けるように置いた。

「なんかあったの？」

裕司が心配そうにたずねた。

「ちょっと早いけど、帰らせてもらえないかしら？　娘が学校の帰りにいなくなったらしいの」

エプロンをはぎ取るようにして脱ぎ捨てると、千鶴は早口でそう言った。

「こっちはいいけど……。いなくなったって、まさか？」

「よくわからないわ。廃寺にひとりで行ったらしいの」

裕司と厚子が顔を見合わせた。

そのあと、またあの坂の家に行ったのではないだろうか。千鶴の脳裏をそんな疑惑がかすめた。

再び電話が鳴った。今度は千鶴が受話器を取った。

高村郁江だった。

「千鶴さん？　もしかして紗耶ちゃん、そちらに行ってないかしら」

「いいえ。今、伯母から電話があって、うちの方にもまだ」

千鶴の声が掠《かす》れた。

「わたしもそのへんを探してみたんだけど、どこにもいないものだから、心配になって」

「心あたりがあるので、そこを探して――」

そう言いかけたとき、店の扉が開いた。なにげなくその方を見た千鶴は受話器を取り落としそうになった。

入って来たのは赤いランドセルを背負った紗耶だった。

4

「いつまで油売ってんだい。お客さん、さっきからお待ち兼ねだよ」

厚子が、「マキ美容室」のガラス扉を開けると、客の頭をいじっていた母親の麻紀《まき》が尖《とが》った声をあびせかけた。

長椅子《いす》で週刊誌を読んでいた三十すぎの小太りの客がやや苛立《いらだ》った視線を投げ掛けた。

「どうもすみません。さ、どうぞ」

厚子は真ん中の鏡の前に客を愛想よく招いた。

マキ美容室は厚子と母親がふたりでこぢんまりとやっている小さな店だった。もう一人手伝いの女の子がいたが、今日は風邪で休んでいる。

厚子は早く母親が引退して、表の看板が「アッコ美容室」になることを密かに望んでいたが、夫に早く先立たれ、女手ひとつで美容室を経営してきた、まだ五十前の母親は、時々うとましくなるほど体も口も達者だった。

「桜子は？」

客の頭を櫛《くし》けずりながら、母親にたずねた。

「もう帰ってるだろ」

麻紀は客の頭のロットをはずしながら、こともなげに言った。

美容室の隣が住居になっていた。手伝いの少女がいるときは、いつもこの少女がおやつの面倒など見てくれるのだが、今日は休んでいるから、一人で冷蔵庫から何か出して食べているだろう。

厚子はそう思った。

「さっきまでココで大変だったのよ。千鶴さんとこの紗耶ちゃんが学校の帰りにいなくなったって騒いで——シャンプーしますんでこちらに」

客をシャンプー台の方に招きながら言った。

「いなくなった？」

麻紀はぎょっとしたように振り向いた。

「と思ったら、学校の帰りにちょっと寄り道してただけだったのよ」

厚子は肩をすくめてみせた。

「なんだ……」

「それを大騒ぎしてさ。だいたい躾《しつけ》がわるいのよ。桜子なんて学校の帰りに道草なんてしたことないもの。それに、高村先生も少し神経質すぎるわよね。生徒の帰りがちょっと遅くなったからって、いちいち電話してくるなんて」

顔にタオルを載せられて仰向けになった客の髪を洗いながら、厚子は鼻をならした。

「そんなこといったって、あの先生の身になればねえ、自分の子供なくしてるから、よけい神経過敏になってるんだよ」

麻紀が同情するように言った。

「あの犯人、まだつかまらないのかしらね」

麻紀の客が読んでいた週刊誌から顔をあげて言った。

「警察は何をしてるんだろうねえ。犯人がまだつかまらないなんて怖い話ですよね」

麻紀が言う。

「小さい子供をもつ親としては一刻も早くつかまって欲しいわね。気味わるくって……」

「あんなことするのが、この町の人間だなんて思いたくないですわね」

「どうして、あの男をもっと徹底的に調べないのかしら」

厚子が不満そうに言った。

「あの男？」

「あいつよ。丘の上の……。だって、みちるちゃんの事件が起きたのは、あの母子が戻ってきてからよ」

「ああ、そういえば」

女たちは何か忌まわしいことでも話すときのようなヒソヒソ声になった。

「でも、証拠がなくっちゃねえ」

「ココを絞め殺した犯人も同じやつなんじゃないかしら……」

厚子は客の洗い髪を掌でパンパンとたたきながら言った。

「こういう事件って、犯人はつかまるまで犯行を繰り返すらしいわよ……」

洗い髪の三十女が言った。


午後七時すぎ。最後の客を送り出したあと、「やれやれ」と麻紀は肩を揉《も》んだ。床に散らばった髪の毛を掃き出しながら、厚子が掛時計を見た。

「桜子がおなかすかしてるわね。すぐに夕飯のしたくしなくちゃ」

「今日はキヨちゃんが来ないの知ってるから、ひとりで食べてるかもしれないね。どれ、ちょっと見てこよう」

麻紀はそう言って店を出て行った。

厚子が後片付けを終える前に、麻紀が戻ってきた。

「ちょ、ちょっと。桜子がいないよ」

麻紀はうろたえた声でそう言った。

「いない？」

ドライヤーのコードを巻いていた厚子は眉《まゆ》をつりあげた。

「友だちのとこにでも遊びに行ったのかしら」

「だったら、ランドセルがあるはずだろう？」

「ランドセルがないの？」

「ないんだよ……」

「そんな馬鹿な。それじゃ、あの子、まだ学校から帰ってないってこと？　もう七時すぎよ？」

厚子の顔から血の気がひいた。目がもう一度掛時計をとらえる。

「だって、そうとしか考えられないじゃないか。ランドセルがないってことは……。まさか外に遊びに行くのにランドセルしょってくわけないだろう」

麻紀はおろおろした声を出した。

「学校の帰り、どこかに寄ったのかもしれないわ」

「でも、今まで寄り道なんてしたことないだろう。友だちのとこにだって、一度うちに帰ってから行きなさいってあれほど言ってあるんだから――」

受付のレジのそばの電話が鳴った。

「あの子かもしれないわ」

厚子が飛び付くようにして受話器をつかんだ。

「はい、マキ美容室ですが」

応答がなかった。

「もしもし？」

厚子の頭に一瞬、誘拐《ゆうかい》という言葉がひらめいた。まさか犯人が身代金を要求して？

「もしもし？」

電話の向こうから何かボソボソという声が聞こえてくる。

「え？　なんですか。もっと大きな声で」

鏡を見ると心配そうな顔で突っ立っている母親の顔がうつっていた。

受話器の向こうから聞こえてくるのは話し声ではなかった。歌だった。老婆のようにしわがれた女の声が歌をうたっているのだ。

暗い身の毛もよだつような声だった。

こーとろ、ことろ
子をとって、どうする
赤いべべ着せよ……

女はそう歌っていた。

5

 高村滋が玄関の引き戸を開けたとき、靴箱の上に置いた電話機の前に妻がいた。郁江はやや背中を丸めて受話器を耳にあてたまま、見知らぬ他人でも見るような目で夫を見た。

「ただいま——」

 薄暗い照明にボンヤリと照らし出された三和土には、郁江の華奢なサンダルとハイヒールだけがひっそりと揃えてあった。

「——それで、お友達のところには全部連絡してみたんですね？」

 滋は妻の声を聞きながら、広い三和土に視線を落として靴を脱いだ。

 この家から靴が消えていく。

 滋はふとそんなことを思った。家族の靴が消えていく。靴が消えていくたびに、家庭というものが少しずつ崩壊していくのだ……。

 最初に消えたのが父の靴だった。

 あれは父が小学校の校長という役目を無事に勤めあげた翌年だった。ある日、父の靴が三和土から消えた。

その夜、滋は異様な匂《にお》いに目がさめた。何事かと起き出してみると、母が庭で靴を燃やしていた。数え切れないほど沢山あった父の靴を、一足残らず、灰になるまで丁寧に。滋はあとになって、父が昔からひそかにつきあっていた女の家に行ってしまったことを知った。

しかも、父とその女の間には娘が一人いたことも。その女の子は、死んで生まれた滋の妹と同じ年の生まれだった。

その次に消えたのが娘の靴だった。

歩きはじめたみちるの小さな靴が、三和土を飾るようになって、三年もたたないうちに、ある日突然、消えた。

そして、最後に消えたのが母の草履《ぞうり》だった。母の草履は孫の靴を追うようにして、ひっそりと三和土からなくなった。

今は妻と自分の靴しかない、広すぎる三和土を見るたびに、滋は寒々とした思いにとらわれた。

「それで、誰も桜子ちゃんを見てないっていうんですか」

父兄《ふけい》からかかってきた電話らしい。郁江の声が教師のそれになっていた。

滋は不吉な予感がした。夜、父兄から電話がかかるなんてろくなことはなかった。滋も教師の勘でそれが分かった。

「——ええ、そうです。わたしの方が、紗耶ちゃんを探しに一足先に学校を出たものですから。てっきり桜子ちゃんは、あのあとひとりで家に帰ったものだとばかり思ってましたわ。ええ、ええ。分かりました。すぐに伺います」

郁江は硬い声でそう言って受話器を置いた。

「わたし、ちょっと出掛けてきます。お夕飯のしたくはできているから」

郁江は早口でそれだけ言うと、そのまま靴をはこうとした。

「何があったんだ？」

滋は思わず妻の腕をつかんだ。郁江の顔は青ざめて、目が吊《つ》りあがっている。ただごとではない。

「山内桜子ちゃんがまだ家に帰ってないっていうのよ」

「厚子さんの？」

滋は聞き返した。

「寄り道をするような子じゃないのに。まだ家に帰ってないなんておかしいわ。もう七時半になるのよ。学校の帰りに何かあったとしか思えないわ」

郁江は呻《うめ》くように言うと、

「あなた、もしかしたら――？」

夫の背広の腕を両手でつかんで、すがるような目で見上げた。

「もしかしたら、なんだ？」

滋は急に喉《のど》がカラカラになった。妻の目が何かを必死に訴えていた。

「桜子ちゃんもみちるのように……？」

囁《ささや》くように郁江は言った。目が青白い顔のなかでギラギラと異様な輝きを放っている。

厚子の娘がみちるのように……？

高村滋はこけた頬《ほお》に暗い影を落として、妻の顔を言葉もなく見つめるだけだった。

6

「――だからね、紗耶ちゃん。学校の帰りに黙って寄り道しちゃいけないな」

ビール一杯でもうほろ酔いかげんの一雄は、好物の高野《こうや》豆腐の皿に箸《はし》をのばしながら、猫撫《ねこな》で声で諭すように言った。

紗耶はむっつりした顔でぎこちなく箸を動かしている。が、小さな茶碗によそったごはんはいっこうに減らなかった。

「だって、早く帰ってきたって、紗耶のいるところ、ないもん」

俯《うつむ》いたままポツンと言った。千鶴の箸が口元でとまった。目が娘を見詰める。

いるところがない？

どういうこと？

「いるところがないって、何いってるんだよ。ちゃんと紗耶ちゃんのお部屋があるじゃないか」

一雄は笑い出した。

伯母も漬物をバリバリかみ砕きながら苦笑いをしている。

家長の権限をすっかり息子に譲り渡した呑気《のんき》な伯父は、皿から転がり落ちた小芋の行方を探していた。

「あれ、紗耶のお部屋じゃないもん。美保ちゃんのお部屋だもん」

紗耶は頑《かたく》なに言い張った。

「前は美保のだったけど、今は紗耶ちゃんとママのお部屋だよ」

「今だって、美保ちゃんのお部屋だもん」

「あたしはお兄ちゃんの部屋にいますよ、だ」

美保が憎たらしい顔でアカンベーをした。

「でも、おばさんが言ってたもん。二人ともそのうち出ていくから、すぐに美保のお部屋になりますよって。そしたら、美保ちゃんが、ふーん、あいつら早く出ていけばいいのにねって言った。おばさん、それ聞いて笑ってた」

紗耶が澄ました顔で言うと、伯父家族の箸がいっせいに止まった。茶碗にニキビ面を突っ込むようにして食べていた中学生の嵩ですら箸をとめた。

晴子の顔が見るまに強張った。美保もばつの悪そうな顔になる。

千鶴はいたたまれなかった。紗耶が嘘《うそ》をついているのではないことは晴子や美保の表情を見れば一目瞭然《りょうぜん》だった。

「お、おまえ、そんなこと子供の前で言ったのか」

一雄がうろたえたように妻を見た。

「し、知りませんよ。そんなこと言ったおぼえはありませんけどね、わたしは」

そのとき、茶の間の電話が鳴った。晴子は天の助けとばかりに、素早く立ち上がった。

「とにかくだ。どこかへ遊びに行くときは、一度家に戻って、おばさんにどこそこへ行くと言ってから出掛けなくちゃいけないよ。それと、ひとりで遊びに行っちゃいけないな」

一雄は咳《せき》ばらいをして威厳を取り戻すと、そう言い直した。

「どうしてひとりで遊びにいっちゃいけないの?」

紗耶が無邪気な顔でたずねた。

「去年、紗耶ちゃんよりももっと小さな女の子が遊びに行ったきり、いなくなってしまったんだ。そうして、みんなで探したら、翌日、その子は首をしめられて――」

「一雄。おやめ。そんな話は」

妙が悲鳴のような声をあげた。

「いや、お母さん。この話はちゃんとしておいた方が――」

一雄がそう言いかけたとき、隣接した茶の間から血相をかえて晴子が戻ってきた。

「今、土屋さんから電話があって――山内桜子ちゃんが行方不明だって」

妙の手から箸《はし》がポロリと落ちた。


夕食もそこそこにして、一雄と千鶴がマキ美容室に駆け付けると、酒屋の松田尚人、土屋裕司、深沢佳代と、あと二、三人の近所の連中が集まって額を突き合わせていた。

「なんで今まで桜子ちゃんが帰ってないのに気がつかなかったのかなあ」

尚人が咎《とが》めるように厚子を見た。

山内厚子は真っ青な顔で煙草をひっきりなしに吹かしながら、

「そんなこと言ったたって。ここで商売してたら分からないわよ。いつもキヨちゃんが面倒みてくれるし。帰ってるとばかり思ってたのよ。あたしも母さんも」

母親の麻紀は立っていられないというように長椅子《いす》に座って、髪を掻《か》き毟《むし》っていた。

「で、心あたりは全部あたってみたんだね？」

裕司がきいた。

「もちろんよ。どこにもいないのよ」

厚子は煙草を床に投げ捨ててサンダルで踏みにじった。

「警察には？」

一雄がきいた。厚子は首を横に振った。

「知らせてないのか？」

尚人が呆《あき》れたようにきく。

「だって、もし、誘拐《ゆうかい》されたんだとしたら、警察に知らせたりしたらまずいと思って――。それにひょっこり帰ってくるかもしれないと思ってるうちに」

厚子は泣き声になった。

そこへ少し遅れて、高村滋と郁江が駆け付けてきた。

「どうする？　警察に知らせた方がいいんじゃないのか」

一雄が言った。

「うーん。でも、厚子の言うことも一理ある。もし、誘拐されたんだとしたら、警察に知らせるのはまずいぞ。それに、いつだったか、東京で、可愛《かわい》い子供を見て、つい出来心で連れて来てしまった男が、警察が乗り出したことを知って、誘拐犯と間違われるのを恐れるあまりに子供を殺してしまったという事件があっただろう？　あれだって、もう少し待っていたら、子供は無事に帰ってきたかもしれなかったんだ」

裕司が考えこみながら言った。

「で、犯人らしい人物から電話がかかってきたの？」

佳代がたずねる。

「いいえ――あ、でも、そういえば、さっき、変な電話が……」

厚子は思い出したように言った。

「変な電話？」

「ただのイタズラ電話かもしれないけど……。なんだかぞっとするような歌声だったわ」

「歌声？」

そう言ったのは裕司だった。

「電話の向こうで、女が歌をうたっているのよ。こーとろ、ことろって。背筋の寒くなるような暗い声で」

「それはほんとうか――」

裕司の顔にはっとしたような表情が浮かんだ。

「こんなとこで手をこまねいていても仕方がない。もう一度手分けして探してみよう」

いらだった声でそう言ったのは滋だった。

「そうだな。警察に知らせるのはそれからにしよう」

尚人がすぐに頷《うなず》いた。

マキ美容室を出るとき、誰かが背後で呟《つぶや》くのを千鶴は聞いた。

「みちるちゃんのときとそっくりだ……」

しかし、結局、その夜、山内桜子はどこからも発見されなかった。

7

早朝の小学校はしずかだった。

用務員の仁木昭平《にきしょうへい》は軽く咳《せき》をしながら、校門前の落ち葉を掃き集めていた。

まったく掃いても掃いても、すぐにたまっちまう。

仁木は白い息を吐きながら、竹ぼうきを鉄の門にたてかけ、掃き集めた落ち葉をゴミ袋に詰めると、それを提げて、校庭をのろのろと足をひきずりながら横切った。

校庭の片隅に焼却炉があった。

その焼却炉まで近付いて、仁木はおやっと目をこすった。何か赤いものが落ちているぞ。

近付いてみると、赤いランドセルだった。

焼却炉のそばに赤いランドセルが落ちていたのだ。

仁木はランドセルを拾いあげた。

空ではない。教科書が詰まっているような重みがあった。

まさか、ランドセルを忘れていく子がいるとは思えない。ということは、誰か、もう登校しているのかな……。

仁木はセーターの袖《そで》をめくって腕時計を見た。

それにしてもまだ六時半になったところだ。先生がたも来ていない。もう登校してきたとは気の早い子供がいるもんだ。

仁木は苦笑した。

子供と老人は朝が早い。

だが、どこへ遊びに行ったかしらないが、こんな所に大事なランドセルを放り出しておくのはいけないな。

まったく、最近の親は躾《しつけ》がなってない……。

何年何組の生徒だ？　あとで、ちょっと説教してやろう。

仁木は何気なくランドセルのネームを見た。

一ねん三くみ、やまうちさくらこと書かれていた。

仁木はそのランドセルに付いた泥を払い、自分の右肩にかけた。

焼却炉に近付くと、ゴミ袋をかざした。

それを逆さにしようとして、中を覗《のぞ》きこんだ。

頭のなかが真っ白になった。

大きく口を開いた。
しかし、声にはならなかった。
なんだ、これは?
そこには信じられないものがあった。
昨日の落ち葉を焼いた黒い灰のなかに、胎児《たいじ》のような姿勢をした女の子が入っていた。
短い髪が朝の光に輝いていた。

第五章　蘇った鬼女

1

「やっぱり、犯人は去年みちるちゃんを殺した奴だろうか？」

通夜の客が帰って、山内家には、千鶴、松田尚人、土屋裕司、高村滋と郁江、そして深沢佳代だけが残っていた。

重苦しい沈黙を破って、土屋裕司がボソリと言った。

「そうかもしれない。手口が似ているからな。それにこんなことができる奴が何人もいるとは思えない」

松田尚人がやりきれないというようにコップ酒をあおった。

小学校の焼却炉の中から発見された山内桜子の遺体は首を絞められていた。

「まさか、二十年前の犯人がってことはないわよね？」

佳代が鼻をハンカチで拭《ふ》きながら、恐ろしそうな目で幼なじみの顔を見渡した。

「それはないだろう」

高村滋が沈鬱《ちんうつ》な表情で首を振った。

「二十年もブランクがあって急にというのは考えられない。こういう犯罪はある一定の周期で繰り返されることが多いんだそうだ。だが、去年みちるを殺した犯人と同一人物であることは十分考えられると思う。犯人は一年間、息をひそめていたが、捜査の手が自分に伸びないことに安心して、また犯行を繰り返す気になったんじゃないだろうか」

「まったく、警察がモタモタしているから、こんな悲劇がまた起きるんだ」

尚人が拳《こぶし》で畳を殴りつけた。

「ただ、ひとつ気になるのは不審な電話のことだ……」

滋は独り言のように呟《つぶや》いた。

「電話？」

佳代が聞き返した。

「桜子ちゃんがいなくなった日の夜、七時頃に変な電話がかかってきたって言ってただろう？」

滋はそう言って厚子の方を見た。厚子の目は腫《は》れた瞼《まぶた》の下でギラギラと光っていた。

「ぞっとするような暗い女の声で、ことろを歌っていたって？」

「そうよ。暗くて、しわがれていて、老婆のような声だったわ」

厚子は叫ぶように言った。

「実は、同じような電話が去年うちにもかかってきたんだよ」

「なんだって？」

皆、驚いたように滋の顔を見詰めた。そのなかでも、一番驚いたように目を見はったのが、妻の郁江だった。

「あれは、たしか、みちるの遺体が発見された日の翌日だったと思う。夜、かかってきた電話に出たら、あの歌が聞こえてきたんだ。そう、年老いた女の声で、ぞっとするような暗い声だった」

滋は畳を見詰めながら、記憶を取り戻そうとするように一言、一言、嚙《か》みしめながら言った。郁江の目が食い入るように夫の顔に向けられていた。

「だが、あの気味の悪い電話のことは家族にも警察にも話さなかった。みちるのことで、誰か心ない人間がイヤガラセにかけてきたんだとばかり思ったからだ……」

「ちょ、ちょっと待てよ」

滋の話を慌てて遮ったのは土屋裕司だった。

「その電話なら、俺のとこにもかかってきたぜ」

「おまえのとこにも？」

尚人が目を剝《む》いた。

「ココがいなくなった晩おそくだった。ほら、みんなでチイちゃんの歓迎会をやった日さ。十一時頃だったと思う。店の方にかかってきたんだ。後片付けして帰ろうとしていたとき電話のベルが鳴った。そうだよ。厚子や滋の所にかかってきた奴と同じだよ。ただ、そのときは誰かがそばにいて、歌の途中で女から電話をもぎ取るようにして切ってしまったという感じがした」

誰かがそばにいて……？

千鶴の意識の底で何かがうごめいた。

「それじゃ、ココを殺したのも同じ犯人ってこと？」

佳代が言った。

「小さな女の子の首を絞めるような奴だ。猫を殺したとしても不思議じゃないよ」

裕司が青ざめた顔を佳代の方に向けた。

滋がふいに呻《うめ》くように言った。

「やっぱり、そうだったのか」

何かに気が付いたような顔だった。

「やっぱりって、なにが？」

裕司が訊《き》く。

「犯人はたまたま目についた子供や猫を殺したんじゃない。アトランダムに犠牲者を選んでいたわけじゃなかったんだ」

「何か目的があったってこと？」

千鶴は滋の口調に恐ろしいものを感じた。

「そうだ。みちるもココも桜子ちゃんも無差別に殺されたわけじゃない。犯人は、最初から僕たちの子供と知っていて、狙《ねら》ったんじゃないだろうか」

滋は紙のように白くなった顔で幼なじみの顔を一人ずつ見渡した。

犯人が誰であるか、すでに判っているような口ぶりだった。

「僕たちの子供……？」

「ココは子供のいない裕司にとってどういう存在だった？　ただのペットではなかったはずだ。我が子にも等しい存在だった。ココは猫としてではなく、裕司の子供として殺されたんだ。狙われたのは、僕と、裕司と、厚子の子供ばかりなんだ。これは偶然の一致だろうか」

滋の問い掛けに、皆、互いの顔を見合わせるばかりだった。

「それから、もうひとつ。ことろというあの歌だ。あの歌を聞いて何か思い出さないか？」

それぞれの顔にはっとしたような色が浮かんだ。

「——あの女ね？」

厚子が掠《かす》れた声を出した。滋は頷《うなず》いた。

「あの母子がこの町に戻ってくるまでは何も起こらなかったんだ。それなのに、かれらがここに戻ってきたとたん、いたいけな子供や動物が殺されるという忌まわしい事件が起こりはじめた。それに、かれらは何故この町に戻ってきたんだろう？　おかしいと思わないか。まさか懐かしくて戻ってきたわけじゃあるまい……」

「復讐《ふくしゅう》よ」

厚子が目をギラつかせながら言った。

「あたしたちに復讐しに戻ってきたのよ。あの女をここへ呼び寄せたのは、二十年たっても消えない、あたしたちへの憎しみだったのよ。あの女はじっと待ってたんだわ。いつかあたしたちにも子供ができるのを——」

「お、おい。滋も厚子も落ち着けよ。あの女が犯人のはずはないぞ。だって、あの女は車椅子《いす》を使っている。足が悪いみたいじゃないか。一人では出歩けないんだ」

尚人が遮るように口をはさんだ。

「車椅子を使ってるから歩けないとは限らないさ。歩けない振りをしているだけかもしれない」

そう言ったのは裕司だった。

「あるいは、手を下したのは息子の方かもしれない。電話をかけたのは母親だったとしても」

滋が言った。

千鶴は滋の顔を思わず見た。滋の声には、あのときと同じ憎悪の響きがあった。「おまえなんか、この町から出ていけ」と叫んで、あの少年の顔めがけて石のつぶてを投げたときの滋の声に。

千鶴はずっと不思議でならなかった。

他の友だちにはあんなに親切で優しかった滋が、どうして、あの少年、加賀史朗にだけは人が変わったように冷酷だったのか……。

「あの女よ。間違いないわ。あの女と息子が共謀して、桜子を殺したのよ。どうして、なんの罪もない子供が、二十年も昔のことの犠牲にならなきゃならないのよ——」

厚子が髪を掻き毟《かむし》りながら狂ったように叫んだ。

「厚子、落ち着いて。まだ、かれらが犯人と決まったわけじゃないのよ」

佳代が宥《なだ》めるように言った。

「あいつらよ。あいつらでなければ、他に誰がこんなひどいことできるのよ？　あの女の子供なんか仲間に入れなければよかったのよ。そうすれば、こんな逆恨みをうけずに済んだのに。チイちゃんがいい子ぶって、よけいなことをしたばっかりに――」

厚子のギラついた目が千鶴を見据《みす》えた。まるで犯人を見るような目だった。千鶴は思わず目をそらした。

「あんたが全部悪いんじゃないの。それなのに、どうして、紗耶ちゃんが無事で、あたしの桜子が殺されなきゃならないのよ？　あんたの子供が殺されればよかったのに」

悲鳴のような声だった。千鶴は耳をふさぎたくなった。母親として、厚子の今の気持ちが判るだけに、胸を切り裂かれるような痛烈な一言だった。

あんたの子供が殺されればよかったのに……。

こんなひどい言葉を幼なじみから浴びせられるために、わたしはこの町に帰ってきたのだろうか。

全身から力が抜けるような思いだった。

「厚子、それは言い過ぎよ。チイちゃんを恨むなんてそれこそ逆恨みじゃないの。恨むなら桜子ちゃんを殺した犯人だけを恨みなさいよ」

叱《しか》り付けるように厳しい声で言ったのは佳代だった。

「そうだよ。厚子のやり場のない気持ちは判るけど、だからといって、チイちゃんまで恨むのは間違ってるよ。なあ」

尚人も諭すように口を添えて、滋の方を見遣《みや》った。が、滋は鉛でも飲み込んだような顔で押し黙っていた。

「佳代も尚人も、自分の子供が無事だから、そんな優等生みたいなことがいえるのよ。あいつらが犯人なら、亜美ちゃんや明人くんだって無事では済まされないわよ。あの女が憎んでいるのは、あたしたち六人だもの」

厚子の最後の言葉は無気味《ぶきみ》だった。警告するような言葉の裏に、二人の子供もいっそどうにかなってしまえばいいと言っているようなニュアンスが感じられて、千鶴は肝が冷えた……。

翌日。山内桜子の葬儀は朝から降り続く冷たい雨のなかで執り行われた。黒い傘の群れのなかを小さな棺が表で待機していた霊柩車《れいきゅうしゃ》まで運ばれて行く。黒いかたまりになっていた一年三組の生徒たちから啜《すす》り泣きの声が漏れてきた。黒いワンピース姿の高村郁江の、肩を落とした、痛々しいほど痩《や》せた姿が千鶴の目を引いた。

「子供の葬式はいやだな……」

葬儀会社から派遣されてきた若い男が呟《つぶや》いた一言がまだ千鶴の耳に残っていた。

山内家の玄関口にいた千鶴の背後で数人の主婦たちがヒソヒソやっている。

「扼殺《やくさつ》ですってよ……」

「ひどいことするわねえ」

「忘れ物を取りに行って教室を出たところまでは、担任の高村先生が見ていたんですってね」

「そのあと、家へ帰る途中で誰かに連れ去られたらしいのね。それで、どこかで殺されてから、小学校の焼却炉に入れられたんですって」

別人のように憔悴《しょうすい》しきった顔の山内厚子がよろめき歩く母親の肩を抱くようにして、車に乗り込んだ。厚子の喪服を着た後ろ姿は母親よりも老けてみえた。

厚子は車に乗り込む直前、肩ごしにチラリと振り返って千鶴を見た。一瞬だったが、その目のなかに憎悪の色があった。

厚子はわたしを憎んでいる。

千鶴は通夜の席でのことを苦い気持ちで思い出していた。

そのとき、背後から肩を軽くたたかれて、思わず振り返った。後ろに立っていた佳代が囁《ささや》くように言った。

「昨日、厚子の言ったこと、気にしちゃ駄目よ。チイちゃんのせいなんかじゃないんだから。厚子も冷静になれば判ってくれるわ」

佳代も、車に乗り込むときに厚子が見せた、千鶴への凄《すさ》まじい一瞥《いちべつ》に気が付いていたらしい。

千鶴は黙って頷《うなず》いた。

そういえば、子供の頃、ライバル意識からか、千鶴に対してなにかとつっかかることの多かった厚子に較べると、佳代はいつも姉のように優しかった。

「警察の人が来てるのよ。あたしたちに話があるって」

佳代はそう付け加えた。

2

「でも、あの男にアリバイがあるって分かって、わたし、ほっとしたわ」

葬儀の帰り、準備中の札のかかった「ココ」のカウンターにつくなり、深沢佳代はそう言った。

「桜子ちゃんが殺された時間には、銀座の画廊にいたとはね——コーヒーでいいかい？」

裕司が、佳代と松田尚人にたずねた。二人とも頷《うなず》く。

カウンターの中に入ろうとした千鶴に、「今日は俺《おれ》がやるからいいよ」と手で制した。千鶴はしかたなくテーブルについた。

「だけど、驚いたな。滋があの母子が怪しいんじゃないかってことを、桜子ちゃんの遺体が見付かった日に警察に話していたとは」

尚人が言った。

葬儀の席にも何人か刑事たちが焼香《しょうこう》に来ていた。むろん、ただ焼香に来たわけではなかった。その刑事の一人から、山内桜子の件に関しては、加賀史朗にはアリバイがあると聞かされたのだ。

桜子の遺体が発見された日、二十年前の事件のことと加賀母子のことを警察に逸速《いちはや》く通報したのは高村滋だった。滋はあの時点で、もうすでに加賀母子を疑っていたらしい。だが、警察が調べてみると、桜子の死亡推定時間には、加賀は銀座の画廊にいたことが、その画廊のオーナーはじめ何人かの証言で判明したのだという。

山内桜子を連れ出して殺害したのは、少なくとも加賀ではなかったということが明らかになったのである。

「やっぱり、あれは滋さんの思い違いだったのよ。あの母子が二十年前の恨みをわたしたちの子供ではらそうとしているなんて。そんなこと、どう考えてもおかしいわよ」

佳代は裕司のいれたコーヒーを手元に引き寄せながら言った。

「そうだよなあ。次に狙《ねら》われるのは、亜美ちゃんや明人だなんて。冗談じゃないや。滋や厚子には悪いが、みちるちゃんも桜子ちゃんも、たまたま一人でいるところを犯人と出くわしただけじゃないのかな。犯人にとっては、小さな子供であったら誰でもよかったんじゃないのかなあ」

尚人が言う。

「だが、それなら、俺たちの所にかかってきた、あの無気味な電話は一体なんだったたんだろうか？」

と裕司。

「それに、加賀にアリバイがあっても、加賀の母親にはなかったわけだろう？　あの母親の方がって線はまだ残ってるじゃないか。警察の調べでは、あの女の足は精神的なものが原因だそうだし。絶対に歩けないというわけではないんだ」

「でもねえ、万が一、あの女が歩けないふりをしていたとしてもよ、みちるちゃんやココの場合ならともかく、七つにもなっていた桜子ちゃんがたやすくついていくかしら？」

佳代が考え込みながら言う。

「それにしても不思議だな。学校を出たあとの桜子ちゃんの足取りがまったくつかめないなんて。まるで学校を出たとたん、ふっと神隠しにでもあったみたいに、足取りが消えてしまったなんてさ。なんだか気味の悪い事件だよ……」

尚人が眉《まゆ》を寄せた。

「消えたのは桜子ちゃんだけじゃないわ。犯人もよ。誰かが桜子ちゃんを連れ去ったなら、それらしい不審な人物があたりにいたはずなのに。まったく目撃者がいないなんて……」

佳代はため息をついた。

「みちるちゃんのときもこんな感じだったな。さっきまで遊んでいた子供がふっと掻《か》き消されたようにいなくなる。まるで魔物にさらわれたように。いや、みちるちゃんだけじゃない、あのルリ子って子のときだって」

裕司が言った。

「犯人は人間なのかしら……？」

ふと千鶴はつぶやいた。

いつだったか、伯母と一雄と三人で茶の間で話したことが頭をよぎった。あの古い観音堂に祭られた観音像にまつわる鬼女の伝説……。

「え？」というように、三人の視線が自分の方に向けられたのを千鶴は感じた。

「いえ、あのね、わたし、昔、祖母から聞いたことを思い出したのよ」

千鶴はしかたなく、あの鬼女の話をした。

「その話なら、わたしもおばあちゃんから聞いたことがあるわ」

佳代が目を輝かせた。

「へえ。知らなかったな」

裕司と尚人が異口同音《いくどうおん》に言った。

「そういえば、俺、子供の頃から、あの観音像がなんだか怖かったな。観音ってふつうはもっと優しい顔をしているだろう？　だけど、あの観音像はよく見ると、変な薄笑いを浮かべているような厭《いや》な顔をしていたんだもの……」

と裕司。

「しかし、まさか、その鬼女が今に蘇《よみがえ》って、みちるちゃんや桜子ちゃんを殺したってわけじゃあるまい？　そんな大昔の鬼女が電話のかけ方を知っていたとは思えないけどな」

尚人の冗談に誰も笑わなかった。

「ただ、その鬼女の魂が一人の女に乗りうつるということはあるかもしれない」

裕司がまじめな顔で言った。

「鬼に子供を殺された女が自らも鬼になって子を食らう。いわば、被害者が加害者になるということだろう？　二十年前に子供を殺された女が、今度は自分が他人の子供を殺しはじめる……」

誰も何も言わなかった。

「そうだわ……」

沈黙のうちに、なにかを思い出したように口を開いたのは佳代だった。

「祖母から聞いた鬼女の伝説にはまだ続きがあったわ……」

「続き？」

「そうよ」

佳代は頷《うなず》いた。

「旅の高僧がその鬼女を退治するときね」

佳代はそこまで言って唇をなめた。

「法力で、鬼女の足を動けないようにしたというのよ……」

3

数日後。

少女は自分の影を引き連れて、苔《こけ》むした石段を一段一段のぼっていた。背中に重荷のように背負った赤いランドセルが、七歳の孤独の象徴のように、午後の日差しに照り輝いている。

石段の途中で、ふと立ち止まって振り返った。「いけないっ」という女の人の鋭い声を聴いたような気がしたからだ。

ママの声に似ていた。それとも高村先生？

空耳だった。石段のしたには誰もいなかった。見えない風が曼珠沙華《まんじゅしゃげ》をゆらして通り過ぎていくだけだ。

紗耶はまた石段を上りはじめた。

ここへ来たことは誰も知らないはずだ。校門を出るときは、同じクラスの子たちと一緒だったもの。

桜子ちゃんの事件があってから、先生たちは前よりもいっそう神経質になっていた。とくに、下校時には、校門のところに何人かの先生たちがずらりと門番のように立ち並んで、一人でいる子を見掛けると、「ひとりで帰らないように」と厳しく声をかけていた。

登下校は必ずグループで。先生たちは壊れたレコードみたいにそう繰り返す。

中には母親が送り迎えしている子もいた。

馬鹿みたい。

紗耶は心の中であざ笑った。

幼稚園の子じゃあるまいし。七つといえば、お姉さんなのよ。もう大きいのよ。

あたしなら、なんでも一人でできるわ。

紗耶のなかにある、何か猛々《たけだけ》しいものが、脅えながら群れをなすことを拒否していた。それでも、朝は美保ちゃんや近所の子たちに混じって登校する。帰りは同じクラスの子たちと一緒だ。

とにかく、群れに混じってさえいればいいのだ。幼い知恵がそうささやいた。形だけでも他の子と同じことをしていれば周りの大人たちは安心している。ママもおじさんもおばさんも、先生も。

でも、クラスの子たちと一緒なのは、先生たちの目が届く所までだ。あとは紗耶はいつも一人だった。他の子たちも、いつのまにか群れを離れてしまった子羊のことなんか気にもとめなかった。

紗耶は山内桜子の死をそれほど重いものに受けとめてはいなかった。知り合って、日が浅く、親友というほどでもなかったし、正直いって、桜子ちゃんのことはあまり好きじゃなかった。

母親や先生から勝手に押し付けられた、イツワリの友だちだったからだ。首しめられて殺されちゃうなんて、可哀そうだけど、これで桜子ちゃんと一緒に帰らなくてもよくなって、せいせいしたとも密《ひそ》かに思っていた。

少し息を切らして石段を上りきった。

古木に囲まれた境内は、この前に来たときと同じ、昼でも薄暗く、しずかだった。

以前は子供たちの恰好《かっこう》の遊び場所だった所も、高村みちるの事件以来、寄り付く人もいないようだった。

時折野鳥の羽ばたきや声がするだけだった。

紗耶は落ち葉を踏みしめて、観音堂の前まで行った。朽ちかけた観音堂の扉をそっと開けてみる。

黒ずんだ観音像が現れる。

離れて見ていると、伏し目がちの観音像はたおやかな優しい女性の顔に見える。

しかしもっと近付いて見てみると、観音のうっすらと開いた目が何か気味の悪い光をたたえているようにも見えた。

口元に刻まれた微笑も、優しいほほ笑みというよりも、背筋の寒くなるような薄笑いを浮かべているようにも見える。

紗耶は、怖いという気持ちと、それなのに深く惹《ひ》き付けられるような気持ちとを同時に感じながら、その古びた観音像を見上げていた。

この顔誰かに似ている。

観音のほっそりとした顔の輪郭《りんかく》が誰かを思い出させた。

高村先生かしら……。

ふとそう思った。そうだ。さっき、校門のところで、立っていた先生に、「さようなら」と挨拶《あいさつ》したら、紗耶の方を見て、ちょっとほほ笑んだ先生の顔に似ているような気がする。

ううん、でも違う。もっと他の人。誰だろう。もっと似ている人がいる……。

紗耶はあっと思った。

ママだ。

ママに似ているんだ。

ママは紗耶が何か悪いことをしてママを困らせたとき、時々、こんな顔をする。ほほ笑んでいるのに、目が怖くて。そうなの、時々、ママはとても怖い目をして紗耶を見る。そのくせ、口元は少し笑っていて……。

4

「校門を出るところまでは、わたし、見ていたんですよ。紗耶ちゃん、クラスの子たちと一緒でした。だから、てっきりその子たちとそのまま帰ったのかと——」

駆け付けてきた高村郁江が言った。既に玄関先に集まっていた、土屋裕司、松田尚人、深沢佳代、山内厚子の顔が不安そうに曇っていた。

紗耶は七時をすぎても帰ってこなかった。

「さっき、千鶴さんから電話があったとき、一緒に帰った子たちの家に電話を入れてみたんです。そうしたら、紗耶ちゃんだけ、途中でいなくなったって——」

郁江は青ざめた顔で言葉をとぎらせた。頬《ほお》にあてた手がぶるぶる震えていた。

「いなくなった？　どこで？」

一雄が切り込むようにたずねる。

「それが子供たちもどこで紗耶ちゃんと別れたか分からないっていうんです。気が付いたら、いつのまにかいなくなっていたって」

「またあそこへ行ったんじゃないの？」

山内厚子が言った。厚子の声にはどこか意地の悪い響きがあるように千鶴には感じられた。

「そんなはずないわ。あそこへはもう行ってはいけないってきつく言っておいたから。行くはずがないわ」

千鶴は自分に言い聞かせるように言った。

「でも、子供のことだから……」

「警察に知らせた方がいいんじゃないかい？」

伯母が千鶴と一雄の顔を不安そうに見比べた。

「でも、この前みたいにひょっこり帰ってくるかもしれないから——」

千鶴は首を振った。警察に知らせれば、もう二度と紗耶は帰ってこない、そんないわれのない確信をもっていた。

「だけどねえ、千鶴ちゃん、桜子ちゃんみたいになってからじゃ——」

そう言いかけて、山内厚子がいたことに気が付いたように、伯母は慌てて手で口を押えた。

「あの子、小さいときから、ちょっと目を離すとひとりでどこへでも行ってしまう癖があったのよ。でも、必ずひとりで戻ってきたわ——」

そうだ。歩けるようになってからの紗耶の放浪癖には悩まされた。そのためにどれほど心配させられたか。千鶴はボンヤリとそんなことを思い出した。

この町に戻ってきて、まだ一月《ひとつき》にもならないというのに、もう二度も死ぬほど心配させられている。

でも結局、どんなに心配させられても、あの子は必ずわたしの元に戻ってきた……。

今度だって。

「あたしもそう思ったわ。桜子がいなくなったとき。ひょっこり帰ってくるに決まってるって。そう思ってたわ。だけど、桜子は戻ってこなかったわ……」

冷たい声で言ったのは厚子だった。千鶴は厚子の目に浮かんでいるものを見て、ぞっとした。厚子の目には、他の人たちと違うものが浮かんでいた。

まるで、紗耶がいなくなったことを楽しんでいるような……。

人間を襲うときの吸血鬼の目のようだ。さあ、おまえもこれからわたしの仲間になるんだよ……。

厚子の目がそう言っているように見えた。そんな馬鹿な。

わたしはなんて浅ましいことを考えるんだろう。

厚子が楽しんでいる？　わたしの不幸を？　そんなわけがないじゃないか。

そんなわけが……。

「だいたい、おまえがもっと紗耶ちゃんのことをしっかり監視してないからいけないんだ」

一雄が妻の晴子を叱《しか》りつけた。

「そうですよ。晴子さんが紗耶ちゃんのことを邪魔にするから、可哀そうに、あの子、この家に帰ってきたくないんだよ」

伯母はそう言って、エプロンの裾《すそ》でわざとらしく目頭を拭《ふ》いた。

「な、なんてことというんですか。まるで、二人して、わたしの責任みたいなこと言って。わたしがどうして悪いんですか。大人の言うことを聞かないで勝手なことばかりしてるのはあの子の方じゃないですか」

晴子の目が吊《つ》り上がった。顔が蒼白《そうはく》になっている。

「そ、それに、子供の面倒を見るのは親の責任ですよ。なんで、わたしが他人の子の面倒みなくちゃならないんです。嵩や美保のことだけでもう手が一杯だっていうのに。あんな手のかかる子まで押し付けられたらたまったもんじゃないわ。千鶴さんたちを引き取ることだって、わたしにはなんの相談もなく、一雄さんとお姑《かあ》さんが勝手に決めてしまったくせに。それで、何か事が起きるとわたしのせいなんですか」

晴子は今までの鬱憤《うっぷん》を晴らすように口に泡をためてわめいた。

「今ここで責任をなすりつけあってもしようがないでしょう？」

冷静な声でそうたしなめたのは深沢佳代だった。

「肝心なのは、一刻も早く紗耶ちゃんを見付け出すことじゃないですか」

そう言って、みんなの顔をぐるりと見渡し、「チイちゃん、大丈夫よ。紗耶ちゃんはきっと無事だわ。この町にまだ馴《な》れてないから、どこかで迷子になってるだけよ」

佳代はしっかりした口調でそう言うと、ぎゅっと千鶴の手を握り締めた。友情のこもった暖かい手だった。

「佳代さんの言う通りだ。とにかく、もう少し探してみよう。俺は、あの廃寺を探してみる。子供のことだから、行くなと言われてよけい行きたくなったのかもしれないし」

一雄が言った。

「わたしも行きます」

千鶴は裸足《はだし》で三和土《たたき》に降りて靴をはいた。

「わたしも行くわ」

と佳代。

「俺は川のあたりを探してみる」

松田尚人もすぐに言った。

「それじゃ、わたしは小学校の方を」

高村郁江がそう言うと、

「焼却炉の中も見た方がいいわよ」

と厚子が呟《つぶや》くように付け加えた。

玄関を出ようとした一雄がはっとしたように振り向き、妻に言った。

「もし、あの電話がかかってきたら、すぐに録音ボタンを押すんだぞ」

あの電話の意味を悟って、千鶴は身震いした。

5

電話が鳴ったとき、深沢亜美はダイニングルームで、スナック菓子をたべながら、テレビのアニメ番組を熱心に見ていた。テーブルの大皿には、母親の佳代が作りかけて出て行ってしまったギョウザが半分ほど並べられている。

ママかな。

亜美はスナック菓子の袋に手を突っ込んだまま、ちらと電話機の方を見た。

夕飯のしたくをしている最中に電話がかかってきて、ママが慌てて家を出て行ってから、三十分以上になる。

ギョウザの皮は少し固くなっていた。

紗耶ちゃんが学校の帰りにいなくなったってママは言ってたけど、見付かったのかしら。

どうでもいいけど、早く帰ってきてくれないかな。亜美、おなかがすいてしまった。おじいちゃんのところに、ごはん食べに行こうかな……。

スナック菓子で空腹を満たしながら、そう思っていた矢先だった。

祖父母の家は同じ敷地内にある。いわゆるスープの冷めない距離というやつである。佳代に婿養子を取ったとき、互いに気兼ねをしないようにと、佳代の両親の提案で、住居を別にしたのだった。

旧《ふる》い家におじいちゃんとおばあちゃんが住んでいる。こちらにはパパとママと亜美の三人。

食事は別べつだったが、時々、一緒にすることもあった。パパの帰りが遅いときなど、ママと二人であちらに行って食事を済ませることもあった。

亜美はそんなことを思いながら、指をなめなめ、受話器を取った。

電話はママからではなかった。

6

崩れかけた石段が闇《やみ》にボンヤリと白く浮かび上がっていた。

一雄が懐中電灯で照らしながら上っていく。千鶴は佳代とそのあとに続いた。つんのめって転びそうになると、佳代が素早く手を貸してくれた。

境内はすっかり闇に包まれていた。人間の気配に驚いた野鳥が飛び立ったような音がするばかりだった。

一雄があたりを懐中電灯で照らしながら、紗耶の名を大声で呼んだ。

しんと静まりかえっている。

「ちょっと向こうの方を見てくる」

一雄はそう言って、丸い懐中電灯の明かりとともに奥の方に入っていった。

佳代と千鶴は、闇にボウッと浮かぶ観音堂の黒い影の前で肩を寄せあって立っていた。

「やっぱりここには来てないんだわ」

千鶴は言った。

「そうね……」

そう答えた佳代の目が観音堂の僅《わず》かに開いた扉に注がれた。

つられて千鶴もその方を見た。

闇の中でふたりは顔を見合わせた。なんとなくある予感を感じたのである。

佳代の手が観音堂の扉にかかった。

扉が開く……。

懐中電灯の明かりがこわごわ堂の中を照らし出す。

佳代が手にした懐中電灯の橙色《だいだいいろ》の輪が、黒ずんだ観音像の顔を映し出した。明かりの輪が少し下にずれた。

観音像の全身を走って、その足元を照らし出したとき、明かりの輪がとらえたのは赤いランドセルだった。

千鶴は息をのんだ。

ランドセルのそばに黒いかたまりがあった。

懐中電灯の明かりがなめるように、さらにそのかたまりの正体を照らし出した。

赤いズック靴。白い脚。赤と黒のチェックのスカート……。

奇妙なことに悲鳴は千鶴の口から出なかった。

「あっちにもいないようだ――」

一雄の声が近付いてきた。

「どうした?」

佳代はしぼり出すような声で言うと、その場にへなへなと座りこんでしまった。

「さ、紗耶ちゃんが——」

「いたのか?」

一雄の声が掠《かす》れた。手にした懐中電灯の光がさっと観音像の足元を照らし出した。

子供がぐったりと横たわっていた。

これは夢だわ。わたしは悪い夢を見ているのよ……。

千鶴は真っ白になってしまった頭の片隅で自分にそう言い聞かせた。

お願い。

夢なら覚めて。

そう願った瞬間、まるで祈りが通じたように、橙色の輪に照らされた紗耶の足がピクリと動いた。

「動いたぞ。生きている」

そう呟《つぶや》いた一雄の声がひどく間が抜けて聞こえた。

少女は目をこすりながら起き上がると、飛び出しそうな目をして自分を見詰めている三人の大人の顔を眩《まぶ》しそうに見た。

7

「じゃ、なにかい。あの観音堂のなかで今まで眠っていたっていうのかい？」

伯母が呆《あき》れたように声をはりあげた。

「やれやれ。早まって警察に知らせなくてよかったよ。とんだ恥をかくところだった」

千鶴はもう言葉もなく身を竦《すく》めた。

「みなさんにはご迷惑をおかけしました。本当に申し訳ございません」

ただただ頭をさげた。

帰り道、千鶴に思いきりひっぱたかれた右頬《ほお》を赤くして、紗耶はふてくされたように俯《うつむ》いている。

「それにしても、よくまあ、あんなところで。よっぽど神経が図太《ずぶと》いのねえ」

晴子も厭味《いやみ》と安堵《あんど》の入り混じったような声で、感心したように言う。

「まあ、もういいじゃないか。こうして無事に帰ってきたんだから。とにかく何もなくてよかった、よかった」

松田尚人がとりなすように口をはさんだ。

「あれ。郁江さんが戻ってきてないな」

裕司がはっとしたように言った。

「まだ探しているのよ。気の毒に。桜子のことではとても責任感じてたみたいだから、紗耶ちゃんにまでもしものことがあったらって必死なのよ」

厚子の声が鋭い鞭《むち》のように千鶴を打った。

「郁江さんの責任ってどういうことだい？」

裕司が言った。

「だって、あのとき、郁江さんが桜子の方にももう少し気をくばってくれていたら、あの子だってあんなことにはならなかったわ。それを紗耶ちゃんばっかし気にかけて」

厚子はそう言って声を詰まらせた。

「そんな。それは郁江さんに対してあまりにも酷《こく》な言い方じゃないか。一人の教師が三十五人もの生徒のすべてを監視できると思ってるのか」

「べ、べつにあたしが責めたわけじゃないわよ。郁江さんの方が『わたしの目が行き届かなかったばかりに』って頭をさげてくれたのよ。あたしはべつにあの人が悪かったなんてこれっぽちも思っちゃいないわ。悪いのは——」

厚子はちらっと千鶴の方に視線を投げ掛けたが、それ以上は言わなかった。

「とにかく、紗耶ちゃんが無事に見付かったことを知らせてあげなくちゃ」

裕司がそう言って立ち上がりかけたとき、玄関の戸が開いて、「紗耶ちゃん、見付かりましたか?」という、高村郁江の取り乱した声がした。

紗耶が首を竦めた。

8

騒ぎも一段落して、深沢佳代が自宅に帰ったときは、すでに九時近くになっていた。さぞ亜美や夫の貞一がお腹をすかせているだろうと、なかば駆け足で戻ってきたのだが、家のなかはしんとして、もぬけのからだった。

貞一はまだ会社から帰っていないようだ。亜美の姿も見えない。テーブルの上には、作りかけたギョウザがそのままになっていた。

玄関に娘の靴がなかったところを見ると、父母の家に行っているにちがいない。

佳代は放り出していったエプロンをまたつけながら思った。

きっと、わたしの帰りがあんまり遅いもんだから、父母の家に行って夕飯を食べたに違いない。

佳代はそう信じて疑わなかった。たぶん、夕飯が済んでも向こうでテレビでも見ているのだろう。

佳代はギョウザの残りを手早く作りはじめた。

十分くらいで作りあげると、半分ほど別の皿に取り、ラップをかぶせた。夕飯には間に合わなかったが、冷凍させておけば、明日のおかずになる。

父母の家に持っていくつもりで、サンダルをはいた。ついでに亜美も連れてくるつもりだった。実の父母ながら、佳代としては、あまり亜美をあちらに長居させたくなかった。

父も母も孫にはいたって甘い。少しでも長く手元に置いておきたいので、孫娘の言いなりになっている。食後の歯磨きという習慣だって、ちゃんと守らせてくれないし……。

佳代はそんなことを考えながら、父母の家のインターホンを鳴らした。

すぐに母の知江《ちえ》が出て来た。

「これ、おすそわけ。いる？」

母にギョウザの皿を手渡し、奥を覗《のぞ》きこむ仕草をした。むろん、亜美のことを言ったつもりだった。

「今、お風呂《ふろ》にはいってるよ。まあ、おあがり」

「じゃ、ちょっとだけね」

佳代は中に入った。玄関に亜美の靴が脱いでないのを少しいぶかしく思いながら。

「どうしたの、今ごろ。もう夕飯食べちゃったよ」

知江は少々もてあましたようにギョウザの皿を見た。しかし、「ま、いいか、おとうさんのビールのつまみにでもしよう」と呟《つぶや》いた。

「もっと早くもってくるつもりだったんだけど、電話で呼び出されちゃって。もう大変だったのよ」

ダイニングルームの椅子《いす》に座ると、佳代は母親に一部始終を話した。

「でも、その子、無事でよかったじゃないか」

眉《まゆ》をひそめて聞いていた知江はほっとしたように言った。

「あの観音堂のなかで横たわってる姿、見たときはドキッとしたわよ。もうてっきり――」

佳代は薄い胸のあたりを押えた。今思い出しても胸がドキドキしていた。

「山内さんの桜子ちゃんみたいになったらねえ……」

「ほんと。他人《ひと》ごとじゃないわ――ねえ、亜美に歯、磨かせてくれた？」

ふと思い出して佳代は母親にたずねた。

「え？」というように知江は目をまるくした。

「また忘れたんでしょう？　いやあよ。何度も言ってるじゃない。こっちで食べさせたら歯を磨かせてって。あの子、言わないとすぐに忘れちゃうんだから」

「おまえ、何、いってるの？」

知江は不思議そうに娘を見た。

「なにって。亜美にごはん食べさせてくれたんでしょう？」

母と娘は互いの顔をみつめあった。言葉の通じない外国人同士のように。

「亜美は来てないよ」

知江はやっと口をきいた。

「来てないって——さっき、お風呂にはいってるって言ったじゃない」

佳代は噴き出した。母もモウロクする年になったのか。

「お風呂にはいってるのは、おとうさんだよ。おまえ、さっき、おとうさんのこと言ったんじゃないの？」

佳代の顔から笑みが消えた。

「亜美のことを言ったのよ。だって——」

「亜美は来てないよ」

知江はもう一度繰り返した。

「来てないの？」

「来てないよ」

「それじゃ、どうして、うちにいないのよ……」

佳代は思わず立ち上がった。

「いないのかい？」

母親は突然立ち上がった娘を見上げた。

何かどす黒いものが佳代の胸を駆け抜けた。

まさか——

佳代は玄関に脱いだサンダルを慌ててはくと、自宅に戻った。

もう一度子供部屋を見る。トイレ、お風呂場、部屋という部屋のなかを狂ったように見てまわった。

亜美はどこにもいなかった。

待って。落ち着いて。何を慌ててるのよ。紗耶ちゃんのことがあったばかりだから、わたしったら変なことを考えて。

佳代は気を鎮めるためにコップに水をくんで飲み干した。

そうだわ。友だちのところにでも行ったんだわ。それとも……。

電話が鳴った。

ほら、やっぱり。誰か、そう、今日子《きょうこ》ちゃんのところか、恵里《えり》ちゃんのところか。

佳代はそう考えて、受話器を取った。

「深沢ですが」

返事がなかった。

「あの、もしもし?」

佳代は受話器を握り直した。

「もしもし?」

電話の向こうから歌が聞こえてきた。

暗く囁《ささや》くような女の声で……。

こーとろ、ことろ
どの子をことろ……

第六章　あの子をことろ

1

千鶴は茫然《ぼうぜん》としたまま受話器を置いた。

「どうかしたの？」

茶の間にいた伯母が不審そうにそう声をかけた。一雄も晴子も食い入るような目で千鶴を見ていた。

「亜美ちゃんが――」

千鶴は信じられない思いで言った。

「亜美ちゃんがいなくなったって」

「亜美ちゃんて、深沢さんところのかい？」

伯母が驚いたように眉《まゆ》を吊《つ》り上げた。

「ど、どういうことだい、それは？」

一雄もわけがわからないという顔をした。

紗耶の騒動がおさまって、迷惑をかけた人々に平謝りにあやまって帰ってもらい、やっと一息ついていた矢先だった。

「佳代さんが紗耶のことで家をあけた留守に、亜美ちゃんがいなくなったらしいの。とにかく、わたし、ちょっと行ってきます」

今度は深沢佳代の娘がいなくなった。これはいったいどうしたことだろう。千鶴は何がなんだか分からないまま、茶の間を出た。

「お、俺も行くよ」

あとから一雄の声が追い掛けてきた。


深沢家には既にパトカーが停まっていた。

千鶴はそのものものしく点灯する赤いランプを見るなり、心臓がふたたびせわしく鳴り出すのを感じた。

玄関のところで、こちらも慌てて駆け付けてきたらしい高村滋と郁江に出くわした。

「亜美ちゃんに何があったの？」

滋に思わずたずねると、滋は首を振った。

「僕にもよくわからない。さっき帰ってきたばかりだから」

郁江の方は今にも倒れそうな顔をしていた。紗耶のことで死ぬほど心配させられたあとで、今度は深沢亜美が行方不明になったと聞かされたのでは、心の休まる暇もなかっただろう。

中に入ると、応接間らしい部屋に、刑事や家族の姿に混じって、土屋裕司や松田尚人の姿があった。

「何があったんだ？」

滋が裕司にたずねた。

「亜美ちゃんがいなくなったんだよ。佳代が紗耶ちゃんのことで家をあけている留守に」

裕司がそう答えた。

「まったく今日はなんて日だ……」

尚人がいまいましそうに呟《つぶや》いた。

「佳代さんは？」

千鶴はたずねた。年老いた両親や夫らしい人の姿はあったが、佳代の姿が見えなかった。

「今、奥の部屋で寝ているよ。倒れたんだ。あの電話がかかってきたらしい……」

裕司が言った。

「あの電話……？」

千鶴は問い返した。

「あれだよ。あの女から……。それで警察を呼んだんだ」

「亜美ちゃんは誰かに連れ出されたの？　それとも……」

「それは佳代にも分からないらしい。帰ってきたら、もう亜美ちゃんがいなかったっていうんだ。誰かに呼び出されたのか、それとも誰かが連れに来たのか。ご両親も向こうの棟にいたので、何も気が付かなかったらしい。ただ、八時頃、小学校のそばの道を小さな女の子が独りで歩いてるのを見た人がいるらしいんだ。暗くて、それが亜美ちゃんだったかは確かではないらしいが……」

「あなたが千鶴さんですか」

ソファに座っていた五十年配の女がきっと顔をあげて千鶴を見据《みす》えた。

顔立ちがどことなく佳代に似ていた。佳代の母親に違いない。そういえば、この家に一度遊びに来て、まだ若かったこの母親からお菓子を貰《もら》ったことがある。二十年前の記憶がかすかに千鶴の脳裏に蘇《よみがえ》った。

「あなたの娘さんのことで、佳代がうちをあけた留守に、亜美がいなくなったんですよ」

女の目が突き刺すように千鶴を見た。記憶のなかにある、あのときの母親とは別人のような険しい顔だった。

「亜美にもしものことがあったらどうしてくれるんです？」

女はバネ仕掛けのようにソファから立ち上がると、千鶴の両腕をつかんだ。錐《きり》のような鋭い目で千鶴を見詰めた。

「え？　どうしてくれるんです？　亜美にもしものことがあったら。桜子ちゃんのようになったら。他人の子を心配して駆けずり回っている間に、自分の子が行方不明になるなんて。そんな馬鹿な話がありますか」

深沢知江はそうわめいて、何も言えないで立ち尽くす千鶴の体をガクガクと凄《すご》い力で揺さぶった。

「お、お義母《かあ》さん。落ち着いてください。まだ亜美が死んだわけじゃない。今、警察の人たちが探してくれてるんだから」

佳代の夫らしい太った男が義母を千鶴からひきはがした。

「もう十時になるのよ。生きてるなら、どうして帰ってこないのよ。亜美はどこにいるのよ？」

知江の声が部屋中に響き渡った。

「亜美は殺されたんだ。殺人鬼に殺されたんだ。この町には鬼がいるんだ。鬼が子供たちを次々と――」

千鶴はいたたまれなくなって、応接間を出た。よろめくように歩いていくと、廊下の突き当たりの部屋から出てきた山内厚子と出くわした。

「佳代さんは？」

そうたずねると、厚子は顎《あご》で出てきた部屋を指し示しただけだった。

部屋に入ると、六畳の和室に佳代が背中を向けて横になっていた。

「佳代ちゃん……」

千鶴は声をかけた。佳代の骨張った肩がピクリと動いた。が、振り向かない。

「大丈夫よ。亜美ちゃんはきっと見付かるわ」

千鶴は佳代の手を握ってそう励ましたかった。ほんの二時間ほど前に、「大丈夫よ」

と言って、握り締めてくれた佳代の手の暖かさがまだ千鶴に残っている。

紗耶を探して、あの廃寺の石段を上るとき、転びそうになった千鶴の体を支えてくれた佳代。厚子のひどい言葉から千鶴をかばってくれた佳代。子供の頃から姉のように優しかった佳代。その佳代が今苦しんでいる。今度はわたしが佳代を支える番だ。千鶴はそう思った。

そのとき、千鶴に背中を向けたまま、佳代がポツリと何か呟《つぶや》いた。

「……のに」

よく聞き取れない。

「え？」

千鶴は佳代の言葉を聞き取ろうと近付いた。身を枕元《まくらもと》の方にかがめようとしたとき、佳代がクルリと振り返った。

髪を振り乱した蒼白《そうはく》の顔に泣き腫《は》らしたような赤い目がじっと千鶴を見上げた。

そして、佳代はもう一度言った。

「紗耶ちゃんだったらよかったのに」

千鶴は一瞬その言葉の意味が分からなかった。

しかし、その意味が分かったとき、全身に冷水を浴びせられたような気がした。

「紗耶ちゃんだったらよかったのに」

佳代はもう一度繰り返した。

千鶴を見上げるその目はギラギラと輝いて、いつかの厚子の目にそっくりだった。

千鶴は声もなく畳に座りこんだ。

応接間の方が急に騒々しくなった。佳代の母親の悲鳴のような声が鋭く空気を切り裂いた。

佳代がはっとしたように身を起こしかける。

廊下に足音がした。

千鶴が振り向くと、佳代の夫が亡霊のようにフラリと佇《たたず》んでいた。

「亜美が見付かったそうだ……」

その声が千鶴の胸をえぐった。

「どこで?」

佳代が憑《つ》かれたような目で夫を見上げた。夫の方も千鶴など目にはいらないかのように妻だけを見詰めていた。

「小学校の裏の林の中から――」

深沢貞一はそう言いかけて両手で顔を覆った。両手の隙間《すきま》から異様な呻《うめ》き声が漏れた。

「首をしめられて――」

あとは言葉にならなかった。

2

千鶴は髪を後ろでまとめると、鏡に映る自分の顔をボンヤリと見ていた。

口紅を引きかけて手がとまる。傍らのティッシュをつかみ出すと、唇をもぎ取るような勢いで、それを拭《ぬぐ》った。

黒のワンピースを着た鏡台の向こうの千鶴がやつれた青白い顔で見詰め返す。

喪服を身につけるたびに心のなかまで喪の色で染まっていくような気がする。

母の死。高彦の死。そして、立て続けに起こる幼い子供の死。

指先まで真っ黒に染まったような気持ちだった。

この町でなにが起きているというのだろう……。

山内桜子の葬儀から一週間もたっていないというのに、今夜、深沢亜美の通夜が行われる。

わたしがこの町に帰ってきたのがいけなかったのかもしれない……。

千鶴はひどく疲れた頭でそう思った。

昨夜、なかなか寝付かれないままに夜中にトイレに起きて、茶の間でひそひそ話しあっていた伯母たちの会話を聞いてしまったのだ。

「——だって、千鶴ちゃんに戻ってこいっていったのは母さんだろう？　それなのに、今度は出ていけっていうつもりなのか？」

一雄の怒りを含んだ声がした。その声にはっとして立ち止まったのだった。足音を忍ばせて茶の間に近付いてみた。

「しっ。大きな声、出すんじゃないよ。聞こえたらどうするんだよ」

伯母の声。

「なにも出ていけなんて言ってないさ。ただ、千鶴ちゃんがこの町にいるのはよくないことかもしれないって、そう言っただけじゃないか」

「おんなじことじゃないか。俺、覚えているよ。昔もそうやって、千鶴ちゃんと喜美さんをこの家から追い出したこと」

「追い出した？　人聞きの悪いことをいうもんじゃないよ、一雄。喜美さんは自分から出ていったんだよ。こんな田舎町より、やっぱり都会の方が性《しょう》にあってたんだろう。あたしが追い出したなんてとんでもない」

「追い出したみたいなもんじゃないか。あのルリ子って子の事件があって、そのあと、あの女がうちに夜中おしかけてきた。そのことで母さんがなんのかんの言って、喜美さんがこの家に居づらくなるようにしむけたんだ」

「そんな……」

「でも、あなた。わたしはお姑《かあ》さんのおっしゃることに賛成だわ。これ以上、千鶴さんたちにいられると、わたしたちまで町の人になんて言われるかわからないわよ」

　晴子の声が混じった。

「桜子ちゃんや亜美ちゃんの事件はべつに千鶴ちゃんのせいじゃない。なんでそんなことを気にしなくちゃならないんだ？」

「あなた、人がなんて言ってるか知らないからそんな呑気《のんき》なこと言えるのよ。深沢さんの亜美ちゃんがあんなことになったのももとはといえば、紗耶ちゃんの騒動が原因だって、みんな言ってるのよ。そりゃ、千鶴さんが悪いわけじゃないけど、紗耶ちゃんがもっと聞き分けの良い子だったら、こんなことにはならなかったかもしれないのよ」

「そうだよ。佳代さんは紗耶のことで家をあけたんだ。その留守の間に、亜美ちゃんがいなくなってしまった。あげくのはてにあんなことになって……」

　伯母も嫁に加勢した。

「もし、紗耶ちゃんのことがなかったら、佳代さんはうちにいたわ。そうしたら、亜美ちゃんがいなくなることもなかったのよ。そう考えると、わたし、佳代さんが気の毒で。首をしめられて、小学校の裏の林に捨ててあった冷蔵庫のなかに入れられていただなんて。佳代さん、一体どんな気持ちだったでしょう——」

ハナをかむ音がした。

「しかし、だからといって……」

「桜子ちゃんのときだってそうだわ。高村先生が紗耶ちゃんのことに気を取られている間に、桜子ちゃんの方があんなことになって。ふたりとも、紗耶ちゃんの犠牲になったようなものだわ……」

「おい、それはちょっと言い過ぎだぞ」

妻をたしなめる一雄の声には力はなかった。

「とにかく、紗耶ちゃんはわたしの手に負える子供じゃないわ。わたし、あの子の面倒まで見れませんから。もう何が起きても知りませんよ」

晴子の声が冷たく言い切った。

「ねえ、一雄。それとなく、千鶴ちゃんにはこの家から出ていってくれるように、おまえから言っておくれよ。このまま、あの二人にいられたら、この先、どんなとばっちりを受けるか知れたもんじゃないよ。昔のこともあるからね……」

伯母の哀願するような声。

「わかったよ……」

一雄の溜息《ためいき》まじりの声が聞こえたところで、千鶴はこっそり足音を忍ばせて部屋に戻ったのだ。そして、朝までまんじりともできなかった。

紗耶が原因でわたしは東京のマンションを引き払ってきた。そして、今度はまたこの町からも追い出されなければならないのだろうか……。

あの子はわたしにとって何なのだろう？

千鶴は無言で鏡のなかの自分に問い掛けた。高彦の忘れ形見《がたみ》？　わたしの生きがい？

そうかもしれない。

少なくとも、はた目にはそう見えるだろう。夫に先立たれた女は、遺された子供の成長だけを生きがいにして生きるものだと……。たしかに、そう思ったこともあった。

でも――

鏡のなかのもう一人の千鶴が色を失った唇を歪《ゆが》ませて笑った。

あの子はいつもおまえの疫病神《やくびょうがみ》だったじゃないか。これからも背負っていかなければならない人生の重荷なんだ。

おまえはまだ若い。美しい。もし独りなら、いくらでも人生をやり直すことができるだろう。

やり甲斐《がい》のある仕事にもつけるかもしれないし、高彦を忘れさせてくれるような男にも巡りあえるかもしれない。

でもそれは夢。

おまえの若さも美しさも、すべて娘に食い尽くされ、しゃぶり尽くされ、あの子が母親を必要としなくなるときまで、奉仕しつづけなければならないのだ。

そして、最後に、おまえに何が残る？

何も残りはしない。

若さも美しさもすべて娘のものになり、おまえは老いて醜い抜殻《ぬけがら》になる。

馬鹿な女。

なぜ子供なんか生んだのだ？

千鶴はそう叫んで、髪を掻《か》き毟《むし》りたい衝動に駆られた。

しかし、そうはしなかった。凍り付いたように鏡のなかを見詰めるだけだった。

艶《つや》のない土気色をした自分の顔のうしろに、幼い娘の顔があった。

紗耶がいつのまにか後ろに佇《たたず》んで、鏡のなかの千鶴をじっと見詰めていたのだ。

恐ろしそうに見開かれた子供の目が、まばたきもせず、母親の心の底にあるものを覗《のぞ》きこんでいた。

3

「あなたにはお会いしたくないと娘が申しておりますので、どうかお引き取りください」

佳代の母親は小柄な体を精一杯大きく見せるようにして、行く手を遮って、そう言った。

「佳代さんが?」

千鶴は茫然《ぼうぜん》として聞き返した。

佳代がわたしに会いたくないと言っている?

佳代までが……。

「とにかくお引き取りください」

深沢知江はそう高飛車に言うと、さっさと奥に入ってしまった。

「あの――」

千鶴はそう言いかけてやめた。弔問客の目がいっせいに自分に注がれているのを痛いほど感じた。それはけっして気持ちの良い視線ではなかった。

そのなかに、土屋裕司や松田尚人の顔も混じっていたが、二人の顔はやや戸惑ったような表情を浮かべていた。

そして、山内厚子の突き刺すような視線もあった。

千鶴はきびすを返すと、早足で深沢家を離れた。

近所の人々のささやき声が背中から追い掛けてくるような気がした。

あの人の娘のせいですってよ……。

この町を出よう。明日にでも。

千鶴はそう決心した。

「チイちゃん」

しかし、突然、背後から男の声で呼びかけられて、千鶴の足はとまった。

振り向くと、高村滋が追い掛けてきた。

千鶴はこぼれそうになった涙を慌てて手の甲で拭《ふ》いた。

「そこまで一緒に行こう」

滋はそう言って、千鶴と肩を並べた。

郁江の姿はなかった。亜美の遺体が発見されたあと、精神的なショックからか、体調を崩して寝付いてしまい、学校の方もずっと休んだままだという噂《うわさ》だった。

「佳代のことはあまり気にしない方がいいよ。冷静になれば、きっと分かってくれる。賢い人だから。今、まだ混乱して感情的になっているから、誰を恨んでいいか分からないんだ」

歩きながら、励ますようにそう言った。

千鶴は黙って頷《うなず》いた。

が、滋の言葉に苦い皮肉の味を感じていた。ほんの一週間前に、厚子のことで、そう言って慰めてくれたのは、まさに佳代自身ではなかったか。

今はその佳代が厚子と同じ目をして千鶴を責めている……。

「経験者は語る、さ」

滋は暗い笑い声を漏らした。

「憎悪というのは、ときには人間を支える杖《つえ》になるんだね。ひどいショックをうけて、心に大きな風穴があいてしまった人間は、何かでそれをふさがなければ生きていけなくなるんだ。人を憎むというのは厭《いや》なことだ。醜いし浅ましい。でも、そうしなければならないときだってあるんだよ。

だから、こんな言い方は酷《こく》かもしれないが、今、千鶴ちゃんが佳代のために出来ることは、たった一つだけだ。黙って憎まれること。どんな慰めの言葉も、今の佳代には通じない。逆に佳代の神経をさかなでするだけだろう。今の佳代には、同じ経験をした厚子の方が慰めなのだ。でも、時がたてば、佳代も気持ちが落ちついて自分が間違っていたことに必ず気付く。もう少し時がたてばね」

滋は最後の言葉を呪文《じゅもん》のように繰り返した。その口調は千鶴にというよりも自分に言い聞かせているように聞こえた。

去年、一粒種の娘をなくしたとき、滋は一体誰への憎しみを生きる支えにしたのだろう、と千鶴はふと思った。犯人だろうか。それとも……。

「そうだ。よかったら、ちょっとうちへ寄っていかないか？　郁江が会いたがっているんだよ……」

足をとめると、滋はふいに言った。

「わたしに？」

「うん。紗耶ちゃんのことをひどく気にしててね」

「郁江さん、おかげんの方は？」

「やっと落ちついたようだけど、まだ床から離れられないんだよ」

滋は俯《うつむ》きかげんで答えた。

「ふたりとも、小学校のそばで発見されただろう？　そのことがよけいこたえたらしい。あれでは当分教壇にはたてないだろう。しばらく、ほとぼりがさめるまで、家で養生させるつもりだ。僕としては、いっそ教師をやめて欲しいと思ってるんだが。もともと彼女が職場に復帰することは気がすすまなかったんだ。子供たちを見れば、みちるのことを厭《いや》でも思い出すだろうし……」

「郁江さんには申し訳ないと思ってるわ。紗耶のことで心配ばかりかけてしまって」

しばらく無言で歩いたあと、千鶴は言った。

「それで、わたしね、ここを出ようと思うの」

「いつ？」

滋が驚いたように千鶴を見た。

「なるべく早く。紗耶を連れて、なるべく早く」

「東京に戻るの？」

「わからないわ」

「わからないって、どこか行くあてがあるから、ここを出るんじゃないの？」

「そうじゃないわ。行くあてなんてどこにもないわ。ただ、ここにはもういられないって思って。伯父の家にも居づらいし」

「その方がいいかもしれないな……」

滋は呟《つぶや》いた。

「滋さんもそう思うの？　わたしがここに戻ってきたのが間違っていたって」

「いや、そうじゃない。でも、ここから出て行った方がいいかもしれない。紗耶ちゃんのためにも。今度、狙《ねら》われるのは、紗耶ちゃんか明人くんのはずだから」

千鶴は思わず滋の顔を見た。滋の暗い横顔が間近にあった。

「やっぱり、犯人はあの女だと思ってるの？」

「他に誰がいるんだい？　最初はみちる。次はココ。三番めが桜子ちゃん。そして、今度は亜美ちゃんだ。もう疑う余地がないじゃないか。手口は総て同じだ。素手で首をしめて殺し、死体を何か容器のようなものに入れている。みちるは古井戸、ココは川、桜子ちゃんは焼却炉、そして亜美ちゃんは捨ててあった古い冷蔵庫。間違いなく同一犯の仕業だよ。あの女は自分の娘が殺されたときと同じ手口で僕たちの子供を一人残らず殺すつもりなんだ……」

千鶴はふと、いつか加賀の家で見た、加賀道世の奇妙な行動のことを思い出した。狂った道世はゴム人形を口の小さな花瓶のなかに無理やり押しこもうとしていた。

加賀史朗は、その行為を、「死んだ娘を自分の子宮に戻そうとしているのではないか」と言っていた。

もしかしたら、子供たちが入れられていた古井戸や焼却炉や冷蔵庫は、たんに死体を隠す場所ではなくて、あの女にとっての『子宮』の象徴だったとしたら……？

「しかし、あの女が犯人だという証拠は何もない。子供と一緒にいるところを見たという目撃者もいない。しかも、あの女は歩けないと思われている。だから、警察も手が出せないんだ。せめて、佳代が女から電話がかかってきたとき録音でもしておいたら、声紋が物的証拠になったかもしれないのだが、不運なことに、佳代の所の電話は旧式なやつで、録音機能がついていなかった。

狂った殺人鬼が野放しになっているというのに、みんな手をこまねいて途方に暮れているだけなんだ」

滋は憑《つ》かれたようにしゃべり続けた。声を押えてはいたが、何か押え切れない感情的なものがその声から滲《にじ》み出ていた。

「なぜ？」

千鶴は思い切ってたずねた。

「え？」

「なぜ、そんなにあの人たちを憎むの？」

滋の足がとまった。

「なぜ憎むかって？　子供を殺されて、その犯人を憎まないでいられる方法があったら教えてもらいたい」

「そうじゃないわ。今のことじゃなくて。昔からあなたはそうだったわ。あの人たちをひどく嫌っていたわ。あのときだって……」

千鶴は遠い昔のある光景を思い出していた。夢のなかのできごとのように、明確な記憶はなかったが、ただ鮮烈な印象を残した一枚の絵のように、一人の少年が、もう一人の少年に向かって石を投げたこと。その石が少年の口にあたって、血だらけになったこと。しかも、奇妙なことに、唇を切った少年は、石を投げた張本人ではなく、そばにいた千鶴の方を睨《にら》みつけたこと。

あのとき、三人の間で何があったのか、千鶴はどうしても思い出せなかった。ただ、それが小学校の校庭の片隅で起こったことだけは覚えていた。

「そうだ。昔から、ぼくはあの母子が嫌いだった。なぜか嫌いだった」

滋はうわごとのように言った。

「たぶん、それは母があの母子を嫌っていたからかもしれない」

「お母さんが？」

「そうだ。母があの母子をとても憎んでいた。だから、ぼくもいつのまにか……」

「どうして、お母さんが？」

しかし、滋はその質問には答えなかった。

4

高村家は昔と少しも変わっていないように見えた。しかし、玄関に入ってみると、その暗さに千鶴は驚いた。

それはたんに照明が暗いというだけではなかった。屋敷全体がまるで墓場のように暗く寒々と静まりかえっている。埃《ほこり》の舞い落ちる音さえ聞こえそうだ。

幼い娘が生きていたときには、明るい色彩や笑い声に満ちていたに違いない家。

しかし、今は家族の話し声も笑い声もしない。磨き抜かれた廊下は冷たく鏡のように光っているだけである。家そのものが死んでいた。

みちるが死んだときから、この家も死んでしまったのだ……。

千鶴はそう感じた。

高村滋は千鶴を奥の部屋に案内した。そこに郁江が寝ていた。千鶴を見ると、郁江は慌てて体を起こし、弱々しく笑った。

「おかげんはいかが？」

そうたずねると、郁江は乱れた髪を手櫛《てぐし》で直しながら、

「まだ、起きようとすると軽いめまいがするの。こんな恰好《かっこう》で御免なさいね」

と困ったような顔で、寝間着の襟元を掻《か》き寄せた。顔色はひどく悪かった。

「寝てていいのよ」

「ううん。大丈夫」

童女《どうじょ》のようにかぶりを振る。滋が傍らに脱いであったカーディガンを取ると、それを妻の華奢《きゃしゃ》な肩にかけてやった。

郁江は「ありがとう」とも言わず、当然のことのようにカーディガンを袖《そで》を通さずに羽織った。

そんな何気ない動作が、二人が夫婦であるということを千鶴にあらためて思い起こさせた。

「千鶴ちゃん、この町を出るそうだよ……」

妻の枕元《まくらもと》にあぐらをかくと、滋はそう言った。

郁江の目が見開かれた。

「いつ？　どこへ？」

矢継ぎ早に訊《き》く。

「なるべく早く。でもあてはないそうだ」

「あてがない？　それ、どういうこと？」

郁江は千鶴の方に視線を向けた。

「また東京に戻ることになると思うけど……。でも、まだハッキリとは決めてないの。もと住んでいた所はもう売ってしまったし、また新しくアパートでも探すことになると思うけど……」

千鶴は郁江の凝視から目をそらして、畳を見詰めた。

「紗耶ちゃんは？　紗耶ちゃんも一緒に？」

郁江はそうたずねた。

「もちろん、紗耶も……」

「可哀そうに。また学校が変わるのね。せっかく、ここに慣れた頃なのに」

郁江は呟《つぶや》いた。

千鶴ははっとした。そうだ。紗耶の学校のことまでは考えていなかった。新しい住居とそこで見付けなければならない自分の仕事のことしか……。

「どうしても、ここを出なければならないの？」

郁江は千鶴の顔を覗《のぞ》きこんだ。

「だって、もう伯父の家にはいられないのよ。紗耶のことで、とても迷惑かけてしまったし。それに佳代さんにも……。ここを出るしかないわ」

「ねえ千鶴さん。これは主人とも話しあったことなんだけど」

郁江は乾いた唇をなめ、思いきったように言った。

「紗耶ちゃんをわたしたちに預けてくれない？」

千鶴は驚いて郁江の顔を見た。

「紗耶を預けるって？」

「養女に欲しいの。あの子をこの家の籍にいれて、わたしたちの子供として育てたいのよ」

「そんな――」

千鶴はしばらく言葉が見つからなかった。

「唐突にこんなこと言い出して驚いたでしょう？　でも、わたしは前から考えていたのよ。紗耶ちゃんをはじめて見たときから。それで、主人を説得して、やっと賛成してもらったの」

郁江はそう言って、くすっと笑うと、滋の方をチラと見た。滋はやや難しい顔をして黙っていた。

「でも、わたしは――」

千鶴は驚きと怒りを同時に感じながら口を開いた。そんなことを勝手に決めたって、紗耶はわたしの娘なのよ。アア、そうですかって簡単に娘を手放すと思っているの？

しかし、そう言う前に、郁江は千鶴の考えをすでに読み取ったように続けた。

「もちろん、あなたの気持ちは分かってるつもりよ。紗耶ちゃんを手放す気なんかないことも。でも、よく考えてみて。紗耶ちゃんにとっても、あなたにとっても最善のことは何かってことを。それから」

郁江は小さな声で付け加えた。

「わたしたちにとっても……」

「お茶でもいれてくるよ」

滋がふいに立ち上がった。その場にいたたまれないという様子だった。

「あなたはまだ若いし奇麗だわ。あなたの人生はこれからなのよ。まだまだいくらでもやり直しがきくのよ。でも、紗耶ちゃんを抱えていたらどうかしら？　再婚も就職も思うようにはいかないんじゃないかしら」

千鶴は黙った。郁江の言葉にすぐに反論できない自分が情けなかった。郁江の言ったことは、千鶴自身、何度も考えたことだったからだ。

「あなただったら、この先、いくらでもすてきな男性と知り合う機会はあると思うわ。再婚して、また子供をもつのも可能でしょう？　でも、わたしたちにはもう子供は望めないの。みちるのお産が原因でわたしはもう子供が産めないのよ。このままだと、この高村家を継ぐ者がいなくなってしまう。いえ、そんな形式的なことなんかどうでもいいわ。わたしたちには子供が必要なのよ。愛して育てる子供が」

「でも、それだったら、なにも紗耶でなくても。あの子はけっして良い子じゃないわ。親のわたしでさえ、どうしていいか分からなくなるほど厄介な子なのよ？」

千鶴は郁江の雄弁に負けまいとして言った。

「それはわたしも分かっているわ。でも、そのせいかしら、わたしにはあの子がとても愛《いと》しい気がするの。ちょっと変わってるけど、とても頭の良い子だわ。わたし、あの子に何か感じるわ。平凡な子じゃないって。何か持ってる子だって。わたし、教師をしているから、そのことは直感的に分かるのよ。でも、今のままでは紗耶ちゃんは駄目になってしまう。こんな言い方したら、失礼かもしれないけど、あえて言うわ。今のあなたの根無草《ねなしぐさ》のような生活は、紗耶ちゃんをどんどん卑屈にして、せっかくの素質をねじ曲げてしまうような気がするの」

「根無草のような生活……」

千鶴は平手《ひらて》で殴られたような気がした。

「御免なさい。きつい言い方をしてしまった。でも、わたしにはそう見えるのよ。あの子にはもっと落ち着いた環境が必要だわ。両親が揃《そろ》っていて、自分の部屋があって、持って生まれた才能や素質をどんどん伸ばしてやれる環境が。あなたはこの先、そんな環境をあの子に与えてあげることができて？」

「わたしは……」

千鶴はうちのめされて呻《うめ》いた。そんなこと考えてもみなかった。紗耶を可愛《かわい》いと思う気持ちはもっと動物的なもので、こんな風に理性的に見たことがあっただろうか。

おまえは平凡な女だ。でも、おまえの娘は違う。無限の可能性に満ちている。それなのに、おまえはそれに気が付かない。自分のことしか考えていない。娘の可能性を潰《つぶ》すつもりなのか。

千鶴は郁江にそう罵《ののし》られたような気がした。

「この暗い家を見て。夫とわたししかいない家。みちるが死んでから、誰も笑わなくなった家よ。もう一度取り戻したいの。子供の無邪気な笑い声や、駆け回る足音を。お願い、千鶴さん、紗耶ちゃんをわたしたちに預けて」

「郁江。無理じいは駄目だよ。すぐに答えのでることじゃないだろう？」

お茶を運んできた滋が鋭い声でたしなめた。

「一人の子供の将来がかかっている大事な問題だ。犬や猫の子を貰《もら》うこととは訳が違う。千鶴ちゃんにだって、考える時間が必要だ。それで、こうしたらどうだろう。しばらく、この家で一緒に暮らしてみたら？」

滋は言った。

「この家で？」

千鶴は聞き返した。

「そう、部屋なら腐るほどあるし、伯父さんの家よりはよっぽどのびのびできるよ。すぐに行くあてがないのなら、それが一番良い方法だと思うが」

「そうだわ。それがいいわ。紗耶ちゃんとふたりでここに来ればいいわ」

郁江の目が輝いた。

「この町を出るにしても今すぐというわけにもいかないだろう？　だから、ここでしばらく暮らしてみて、その間に結論を出せばいい」

「そうよ。そうしましょう」

郁江は哀願するように言った。

「そうね。考えてみます……」

千鶴は迷いながらそう答えた。

5

その夜もなかなか寝付かれなかった。

ここ数日、ろくに寝ておらず、ひどく疲れているはずなのに、頭だけが冴《さ》えて眠れない。考えなければいけないことが多すぎて、どこから手をつけていいのか分からない。

思えば、高彦が死んだときも、こんな状態が何日も続いたものだった。

紗耶を高村家の養女にする。最初、郁江から唐突に切り出されたときには、とんでもない話だと思った。冗談じゃないと即座に断るつもりだった。

厄介な娘だと思い、重荷だと感じたこともある。この子がいなかったらと本気で願ったことも一度や二度ではなかった。

しかし、生きがいだと思ったこともまた数え切れないほどあるのだ。

手放すことなど考えたこともなかった。

しかし、今、千鶴の心は揺れ動いていた。紗耶のためにわたしは何をしてやれるだろう。

できることといえばせいぜい食べものを与えて、服を着せて、眠る所の心配をしてやることだけだ。

母親として最低限度のことしかしてやれないのではないか。今はまだ高彦の残してくれたものが手元にあるが、これから先どうなるというのだろう。

大学を出たといっても文学部だから潰《つぶ》しがきかないし、卒業と同時に結婚してしまい、すぐに紗耶が生まれてしまったから、会社勤めの経験すらない。なんのキャリアもないのだ。

働くといってもハンディがありすぎる。なんとか職を求めることができても、将来性のある仕事につくのは難しい。死物狂いで働いたとしても、一体どれほどのことをしてやれるのか。

それならいっそ、高村夫妻に紗耶を預けた方があの子にとっても幸せなことではないだろうか。

郁江なら、教師の経験を生かして紗耶を立派な人間に育ててくれるかもしれない。紗耶にとっても、あちこちを転々とするよりも、あの大きな家で大事な跡取り娘として育てられた方がどれほど良いか分からない。

東京でまたアパートを見付け、職を得て、ふたりで暮らしはじめても、結局は同じことの繰り返しではないだろうか。

わたしは一体この町に何をしにきたのだろう。ここで暮らすために来たのではなかったのだろうか。それなのに、まだ一月《ひとつき》もたたないうちに、この町を捨てようとしている。

千鶴は郁江に言われた、「根無草のような生活」という言葉にショックを受けていた。

郁江の言う通りだ。

わたしは根無草のようにフラフラしている。わたしがフラフラしているから、紗耶の性格まで歪《ゆが》んでしまったのかもしれない。

とにかく、ひとまず高村の家に行こう。しばらく高村夫妻と暮らしてみて、紗耶が滋や郁江になつくようだったら、そのときは、あの話を本気で考えてみよう……。

千鶴はようやく決心がかたまると、隣で眠っていた紗耶を揺り起こした。

紗耶は眉《まゆ》を寄せて、ううんと言った。眩《まぶ》しそうに目をあけ、覗《のぞ》きこんでいる母親の顔をまじまじと見た。

「なあに？」

「この家を出るのよ」

「ほんと？」

嬉《うれ》しそうな顔をした。

「出て、どこへ行くの？　もとのおうち？」

「ううん。高村先生のところ」

「高村先生のところ？」

紗耶の目がびっくりしたように見開かれた。

「そうよ。高村先生のところへ行くのよ。紗耶、嬉しくない？」

「……………」

紗耶は黙っていた。

「先生のこと、嫌い？」

千鶴はちょっと不安になって聞いた。

そういえば、紗耶の口からあまり郁江の話は聞いたことがなかった。紗耶は高村郁江が嫌いなのだろうか。

紗耶はかぶりを振った。

「じゃ、好きなのね？」

「よくわからない……」

口のなかで呟《つぶや》くように言う。

「それじゃ、先生のところに行くの、厭《いや》じゃないのね？」

念を押すと、紗耶はしばらく天井をおとなびた目付きで見詰めていたが、やがて、コクンと頷《うなず》いた。

6

その頃、ひとつの黒い影が、明かりのすっかり消えた一軒の家のブロック塀を乗り越えようとしていた。黒い影は庭に足音もたてずに飛び下りた。

影はしばらく暗い庭を見回していたが、鉄パイプを組み立てて作ったブランコの上に、大きな熊のぬいぐるみがそのままになっているのに気が付いた。

影は足音を忍ばせてそれに近付くと、軍手をはめた手に提げていた小さなポリ容器の蓋《ふた》をひねった。

赤ん坊ほどの大きさのぬいぐるみに、容器の中身を振り掛ける。そして、片手の軍手を口でくわえて取ると、その手をズボンのポケットに突っ込んだ。何か取り出す。

シュッと摩擦《まさつ》音がかすかにして、闇《やみ》に小さな炎の花が咲く。
影はその炎を、びしょぬれになった熊のぬいぐるみの上に素早く捨てた。
ボウッと音がして、炎が燃え上がる。
焦《こ》げ臭い匂《にお》い。ぬいぐるみはメラメラと燃え上がった。
影は軍手をはめた。が、すぐにはその場を立ち去らなかった。
炎が闇に隠れていた影の顔を赤く照らし出した。
影の唇がめくれて僅《わず》かに白い歯が見えた。
影は炎を見詰めて笑っていた。

第七章　鬼の哭《な》く夜

1

その八畳間から見える庭の眺めは素晴らしかった。手入れの行き届いた松の枝が、瓢簞《ひょうたん》型の池に影を落としている。

庭の片隅にひとむら植えられた曼珠沙華《まんじゅしゃげ》の赤がひときわ目を引いた。

「こんな良いお部屋を貰《もら》ってもいいの？」

千鶴は、池のそばにしゃがみ込んで珍しそうに鯉を眺めている紗耶の姿から、視線を郁江の方に移した。

郁江が案内してくれた部屋は千鶴が想像していたよりもずっと良い部屋だった。南向きで日当たりが良く、窓ごしに庭も眺められる。

北向きで狭かった伯父の家に比べれば雲泥《うんでい》の差があった。

「いいのよ。どうせ、義母《はは》が亡くなってから使ってない部屋だから」

郁江はそう答えてニッコリ笑った。だいぶ体調も回復したようで、顔色も少し良くなっていた。

そうか。ここは滋の母、多喜子《たきこ》が使っていた部屋なのか。

千鶴はあらためて感慨にふけりながら部屋のなかを見回した。

壁に掛けられた高価そうな掛軸や渋い色彩の調度の類いには、二十年前に一度会っただけの高村多喜子を思い出させるものがあった。

和服のよく似合う、鼻の高い面長な美人だったが、どこか権高《けんだか》な感じがして、なじめなかった滋の母。

最愛の孫娘が死んだあと、心労のあまり床についたまま、孫のあとを追うようにして亡くなったという滋の母。

千鶴は滋の母親が遺《のこ》した文机《ふづくえ》をなんとなく撫《な》でながら、ふいに滋の父親はどうしたのだろうかと考えた。

今この家には滋と郁江の夫婦しかいないということは、滋の父親も既に亡くなったということらしいが……。

それにしても、この家には父親のいた気配のようなものが全く感じられなかった。まるで拭《ぬぐ》い取られたように。既に亡くなったとしても、それは異様な感じがした。

そのことにさりげなく触れてみると、郁江はやや戸惑ったような顔になった。

「お義父《とう》さまも亡くなったのよ……」

郁江は奥歯にもののはさまったような口調でそう言った。

「でも、お葬式はこの家からは出なかったの……」

「え？」

「あれは、みちるが生まれた年だったかしら。お義父さまはこの家を出てしまわれたの。二十年以上も密かにつきあっていた女性がいたそうで、定年退職した翌年に、何もかも捨ててその女性のもとに行ってしまわれたの。この町の人ではなかったらしいんだけれど、お義父さまとその女性の間には、娘さんまでいたそうよ。でも、それから半年もしないうちに、癌《がん》でお亡くなりになったと聞いたわ……」

「癌……？」

「ええ。お義父さまはご自分が癌だということに気が付いていらしたのね。それで、最期のときまでを、お義母さまとではなく、その女性と過ごすことを選ばれたのよ。お義父さまが出て行かれた夜、お義母さまはそこで、お義父さまが残していかれた靴を全部燃やしていたわ……」

郁江はそう言って、庭を遠い目で眺めた。

郁江の目には、庭にしゃがみこんで池を覗《のぞ》きこんでいる少女のかわりに、夫の靴を一足ずつ火にくべている、一人の老いた女の背中が見えているようだった。

高村多喜子の死期を早めたのは、最愛の孫の突然の死だけではなかったのかもしれない。

千鶴はそう思った。

たぶん夫に去られたときから、多喜子の心は少しずつ死に向かっていたのだ。

多喜子が床についたまま眺めていた庭には、曼珠沙華《まんじゅしゃげ》が咲いていたのだろうか。

千鶴はふと、高村多喜子があの曼珠沙華の毒々しいまでの赤を瞼《まぶた》に焼き付けたまま息を引き取ったような気がした。

そして、滋が、深沢亜美の通夜の帰り、言っていた謎《なぞ》のような言葉、「母があの母子を憎んでいた」という言葉の裏に秘められた意味がようやく分かったような気がした。

滋の母は、加賀道世という女に、夫を奪ったべつの女の面影を見ていたのだ。

「あとは紗耶ちゃんの机を用意しなければならないわね」

郁江は浮き浮きした口調で言った。

「ところで、滋さんは？」

千鶴はたずねた。日曜だというのに、滋の姿が見えなかった。

郁江の眉《まゆ》が曇った。

「あなたがたが来る前に松田さんから電話があって、出掛けたの。もう帰ってくると思うけど……」

「もしかして、あのことで？」

千鶴は言った。

松田尚人の自宅の庭でちょっとしたボヤ騒ぎがあったのは三日前のことだった。

ブロック塀に男物らしい靴跡がかすかに残っていたことから、放火であることは間違いなかった。

深夜、何者かがしのびこみ、なにゆえか、尚人の長女が庭のブランコに置き忘れていった熊のぬいぐるみに灯油をかけて燃やしたのだという。

幸い、被害はそれだけで済んだが、子供のぬいぐるみが燃やされたということが、一連の少女扼殺《やくさつ》事件とのつながりを思わせて気味の悪い事件だった。

「まさか桜子ちゃんや亜美ちゃんを殺した犯人が？」

千鶴がそう言うと、郁江は庭の方をボンヤリと見詰めながら、

「滋さんはそう思っているようだわ……」

と呟《つぶや》いた。

2

「ぬいぐるみを燃やしたのは、次はおまえの子供の番だという予告に違いない」

高村滋が言った。

「し、しかし、明人はうちのやつが学校の行き帰り、必ず送り迎えしているんだ。あいつらに手だしできるものか」

そうは言ったものの、松田尚人の目は脅えたようにキョトキョトしていた。

「だが、そう四六時中、見張っていることはできないだろう？　学校にいる間はまだいい。しかし、帰ってきてから外に遊びにもいかせず、家のなかに閉じ込めておくのか？　女の子ならともかく、明人君は遊びたい盛りの男の子じゃないか」

滋は畳み掛けるように言う。

「そうよ。そんなことはいつまでも続くわけがないわ。子供のことだから、親の目を盗んで勝手に遊びに行ってしまうかもしれないわよ」

山内厚子が目をギラつかせて加勢した。

松田家の応接間には、尚人と、高村滋、山内厚子、深沢佳代、土屋裕司、の五人がテーブルを囲んで額を寄せあっていた。

「ブロック塀に残されていた足跡から何か手掛かりはあったのか?」

滋が尚人に訊《き》いた。

「いいや、まだ警察からは何の連絡もない。男物の靴跡だったらしいが」

「ということは、ぬいぐるみを燃やしたのは、あの男か……」

滋は独り言のように言う。

「警察はいったい何をしているのかしら。犯人をつかまえる気があるのかしら。あいつらが犯人だとわかりきっているというのに」

佳代が髪を掻《か》き毟《むし》った。

「しかし、本当にあの二人が犯人なのかなあ……」

土屋裕司が腕組みしながら、ふと呟《つぶや》いた。

「何いってるのよ? きまってるじゃないの。あたしたちの子供ばかり狙《ねら》われたのが偶然だとでも言うの?」

厚子がかみつきそうな顔で裕司を見た。

「でも、桜子ちゃんの時は、加賀にはアリバイがあったわけだし……」

「あの女よ。母親の方よ。子供を殺したのは」

叫ぶように言ったのは佳代だった。

どちらかといえばおっとりとしていた佳代の顔は、ここ数日で別人のように面変わりしていた。げっそりと痩《や》せ、頰《ほお》がこけ、膚がガサガサに荒れている。目ばかりが赤くギラギラして、凄愴《せいそう》な夜叉《やしゃ》の顔を思わせた。

「そうだわ。あの女は歩けるのよ。歩けない振りをしているだけだわ。息子の方はそれを知っていながら庇《かば》っているのよ。いいえ、あの男も共犯だわ」

厚子も言う。

「あの女は魔物なのよ。わたしたちのほんの僅《わず》かな隙《すき》を狙《ねら》って、子供たちをさらっていく魔物だわ。あれは人間じゃないわ。観音像のなかに封じこめられた鬼女の魂が乗り移った化物《ばけもの》なのよ」

と佳代。

「…………」

二人の女の凄《すさ》まじい口調に、土屋裕司は恐れをなしたように黙った。裕司には二人の方が鬼女のように見えた。

「とにかく、警察はもうあてにならない。警察は僕たちの言うことなど信じてないのかもしれない。たしかに常識じゃ考えられないことだからな。この一連の殺人が二十年も昔のことが動機になっているなんて」

滋が暗い目でテーブルを見詰めながら、そう言った。

「こうなったら、僕たちの手でなんとかするしかない」

「なんとかするって？」

裕司が驚いたようにたずねる。

「このまま手をこまねいていたら、いずれまた犯行が繰り返される。今度は尚人か千鶴ちゃんの子供が狙《ねら》われる。そうなってからでは遅いんだ」

滋はそう言って、皆の顔を順々に見回した。

「しかし、なんとかするって言っても――」

尚人が掠《かす》れた声を出した。

「どうやって……？」

「昔から言うだろう？　攻撃こそが最大の防御だと」

滋は眼鏡をはずして、レンズをハンカチで拭《ふ》きながら言った。

他の四人は思わず顔を見合わせた。

「まさか、あいつらを？」

声を振り絞るようにして言ったのは裕司だった。

眼鏡をかけ直して、滋は頷《うなず》いた。

「そ、それはまずいんじゃないか。いくらなんでも、それは——」

裕司は悲鳴のような声をあげて、テーブルの上に投げ出された煙草の箱をつかんだ。かすかに震える手で一本抜き出し、ガスライターで火をつける。

「それはまずいよ……」

「他に方法はあるのか？」

滋は刺すような鋭い目で裕司を見た。

「や、やはり、こういうことは警察に任せた方が……。だって、下手をすれば、俺《おれ》たちの手が後ろに回るんだぜ？」

「その警察があてにならないから言ってるんじゃないか。みちるが殺されてから、僕は一年待った。でも、警察が何をしてくれた？ 何もだ。何もしてくれなかったんだ。もう待てない。自分の手で始末をつけるしかない」

滋は感情をあらわにした声でそう言うと、裕司のライターに手を伸ばした。

「でも、どうやるんだ」

尚人が強張った顔で言った。

「方法はあいつが教えてくれたじゃないか」

滋はそう呟《つぶや》いて、手の中のライターを見詰めた。

そして、音をたてて火をつけた。

「だが、焼くのはぬいぐるみじゃない」

二つの青白い炎が彼の眼鏡レンズに映ってゆらめいた。

厚子と佳代と尚人の三人も魅せられたように、炎を見詰めた。

「放火するのか?」

尚人が訊《き》く。

滋は頷いた。

「目には目だ」

「魔女は火あぶりになるべきよ……」

佳代が凄《すご》い薄笑いを口元に浮かべた。ライターの炎は彼女の瞳《ひとみ》のなかでも鬼火のようにゆらめいていた。

「夜中に火をつけるのか?」

尚人が再び訊く。

滋は首を振った。

「いや、そうじゃない。その方法では確実じゃない。放火に気が付いて逃げ出されたらそれまでだ」

「それじゃ……？」

「外からではなく、中から火をつけるんだ」

「中から？」

「そうだ。外から放火したのではなく、中から火が出たように見せ掛けるんだ。あの狂った母親が息子を道づれにして無理心中したように。そうすれば、僕たちが疑われることもない」

滋はライターの火を消すと、自分が考えた計画を話した。

「で、いつやるんだ？」

と、尚人。

「早い方がいい。今夜はどうだ？」

「今夜？」

尚人がひるんだように聞き返す。

「あたしはいいわ」

真っ先にそう言ったのは厚子だった。

「うちには母しかいないから、なんとでも言いくるめて抜け出せるわ。それに、母だったら、隠す必要すらないくらいよ。それどころか、一緒に行きたいというのを思いとどまらせるのに苦労しそう」

厚子は恐ろしい目をして笑った。

「佳代。きみはうちにいた方がいい。ご主人やご両親に怪しまれるだろうから」

滋が佳代にむかって言った。

佳代は渋々承知した。

「俺も行く」

尚人も決心したように頷《うなず》いた。

裕司だけが脅えた目で黙っている。

「きみは？」

「お、おれは……」

滋が裕司に冷たい目を向けた。

「どうするのよ？」

厚子が詰め寄る。

「わ、わかった」

裕司は血走った八つの目に見据《みす》えられて、唾《つば》を飲み込みながら言った。

「よし。それじゃ、今夜、八時。さっき話したとおり、裕司の店に集まろう。家族には怪しまれないように適当な口実を作って」

滋の言葉に、四人は頷いた。

3

「だいぶ風が出てきたみたいね」

千鶴が台所から手を拭《ふ》きながら居間に入ってくると、ガラス戸の前に立って、暗い目で外を眺めていた郁江がそう言った。

夕方頃から、風が唸《うな》るような音をたてて吹きはじめていた。

郁江はカーディガンを羽織った腕を寒そうにさすり、旧式の石油ストーブの前にかがみこんで火をつけた。

「後片付けは済んだわ」

千鶴は言った。

「悪いわね。お手伝いさんみたいなことさせて」

郁江はソファに座り、編みかけの毛糸を膝《ひざ》にのせた。軽く咳《せき》こみながら言う。

「あら、いいのよ。このくらいのこと当然だわ。居候《いそうろう》ですもの——紗耶、もう少し、音を小さくしなさい」

千鶴は、テレビのアニメに夢中になっている娘に鋭い声をあげた。

「そんな、居候だなんて悲しいことを言わないで。四人で食事ができて楽しかったわ。義母やみちるが生きていた頃みたいに。食卓で笑ったの久し振りよ。子供がいるっていいものねえ」

郁江はそう言って、傍らの紗耶の艶《つや》やかな赤毛を愛しそうに撫《な》でた。

他人に髪を触られるのが嫌いな紗耶は、子猫のようにスルリと郁江の手からのがれて、絨毯《じゅうたん》にじかに座りこんだ。

「コーヒーでもいれましょうか」

千鶴が言うと、

「いや、僕はいらない。これからちょっと出掛けるから」

と、ソファで新聞に目を通していた滋が即座に言った。

「出掛けるって、どちらへ？」

郁江が編み物から目をあげて夫を見た。

「うん。ココで尚人たちと飲む約束をしてね……」

そう答えて、滋はまた腕時計を見た。

千鶴は夕飯のときから、滋が時折腕時計を気にしていたのに気が付いていた。

つられて、棚の置き時計を眺める。

七時半を過ぎようとしていた。

「なにも今日じゃなくても……」

「ちょっと付き合って、すぐ帰ってくるよ」

滋はソファから立ち上がって居間を出て行った。

「おかしな人たち。昼間も会ったばかりなのに」

郁江はそう呟《つぶや》いた。

千鶴はなんとなく滋の態度に不審なものを感じた。松田尚人の家から帰ってきたときから、どこか様子が変だった。夕食のときもどことなく上の空で食もあまり進まないようだった。

しばらくして、滋の出ていったような玄関の戸の音がした。

コーヒーをいれるために台所に戻ってきて、千鶴は妙なことに気が付いた。台所に置いてあった灯油のポリタンクの蓋《ふた》が緩んで、床に少し灯油がこぼれていた。

変だわ……。

千鶴は雑巾《ぞうきん》で床を拭《ふ》きながら独り言を言った。

さっき洗い物をしていたときには、灯油はこぼれていなかった。蓋もしっかりしまっていたみたいだった。

それなのに、どうして……？

風の唸《うな》る音がした。

床にひざまずいたまま見ると、台所の窓に映った木の影が、不安な模様のように揺れていた。

4

「念のために灯油をもってきた」

黒いジャンパーのポケットに片手を突っ込んだまま、首に巻いたマフラーに顎《あご》を埋めるようにして、高村滋は提げてきた紙袋のなかから、容器を取り出した。

ココには、裕司はもちろんのこと、厚子と尚人も揃《そろ》っていた。

「あの家にストーブがないと困るから」

「俺がまず窓に石を投げ込んで、息子の方を外におびき出すんだな」

尚人が復唱するように言った。

「そうだ。窓ガラスの割れる音で、あいつは必ず様子を見に外に出てくるはずだ。尚人がわざと姿を見せて、追い掛けさせる。そのすきに僕たちが家のなかに入り込むという寸法だ」

「よし。じゃ、行こうか」

尚人が腰掛けていた椅子《いす》から立ち上がった。

「お、俺はここにいるよ」

おずおずした声でそう言ったのは裕司だった。

「なぜ？　この期《ご》に及んで怖じけづいたのか？」

尚人が声を荒らげた。

「そうじゃない。俺は店にいた方がいいと思うんだ。だ、だって、もし、滋や尚人の家族がここに電話でもしてきたら困るじゃないか。みんな、ここで飲んでいることになっているんだから」

裕司は口ごもりながら言った。自分を凝視している三人から目をそらしながら。

「どうする？」

尚人が滋を見た。

「それもそうだな。裕司はここにいた方がいいかもしれない」

滋は考えこみながら言った。

裕司の顔にほっとしたような表情が浮かんだ。

「あんた、警察に知らせようなんて、変な考えおこさないでよ」

厚子が威《おど》すように言った。

「ま、まさか。そんなことするわけないじゃないか……」

「裕司はそんな馬鹿なことをするわけないさ。さ、行こう」

滋が冷ややかな目で二人を促すと、三人は店を出ていった。

裕司はカウンターに両肘《ひじ》をつき、頭を抱え込んだ。

風の音がきこえる。

もし、かれらが子供たちを殺した犯人じゃなかったら？

そんな考えが彼の頭を何度もよぎった。

だとしたら、大変なことになる。

警察に知らせようか。

幼なじみたちにとんでもない犯罪を犯させる前に。

裕司はちらと電話の方を見た。

駄目だ。それでは裏切ったことになってしまう。

出ていく前の厚子の目の凄《すご》さを思い出した。

そんなことはとてもできない。

しかし、もし……。

いや、犯人はあいつらに決まっている。我が子のようにかわいがっていたココを無残に殺したのは。

あの母子は当然の報《むく》いを受けるだけなのだ。

それにしても、みんな、どうしてしまったんだ。滋にしても尚人にしても人が変わってしまったようだ。

彼らは子供を殺された被害者というよりも、まるで、これから獲物をしとめにいくハンターのような目をしていた……。

あれは鬼の目だ。

いつか聞いた、あの観音像に封じ込められたという伝説の鬼女のことを思い出した。

我が子を鬼に食い殺された女が、今度は自らが鬼になって人の子供を食うようになる……。

なんて恐ろしい話だ。

裕司はたまらなくなって、カウンターの中に入ると、棚のウイスキーの瓶をつかんだ。それをグラスに注ぎ、生《き》のまま、一口で飲み干した。

カッと燃える固まりを胃の腑《ふ》におさめながら、またちらりと電話を見た。救いを求めるように。

そのとき、まるで彼の視線に反応したように、電話が鳴った。

5

変だわ……。

千鶴は台所を出ると、玄関にある電話機のところまでいった。

台所の灯油がこぼれていた。なんで、灯油が……。

滋は本当にココへ行ったのだろうか。飲みに行くという顔ではなかった。まるで親の仇《あだ》でも取るような険しい顔をして……。

仇？

まさか……。

千鶴は胸騒ぎに耐えられなくなって受話器を取り上げた。傍らの電話帳を片手でめくりながら、ココの電話番号を探した。すぐに見付かった。赤いボールペンで線がひいてあったからだ。

旧式の黒電話のダイヤルをまわす。

コール音を三度聞いたところで、受話器のはずれる音がした。

「はい。ココですが」

警戒するような裕司の声が出た。

「千鶴です」

そう応えて、耳をすませた。店のなかは静まり返っているようだ。滋たちが集まっているわりには、音楽も聞こえないし、話し声も聞こえてこない。

まるで裕司だけが独りでいるように静かだった。

「あの、そちらに滋さん、いらっしゃる？」

そうたずねると、戸惑った沈黙が返ってきた。

「もしもし？」

「滋なら来てるけど、何か？」

やっと相手は答えた。が、どこか苦しげな声だった。

滋がココにいる？　だとしたら、わたしの思いすごしだったんだ……。

「それならいいの。べつに用ってわけじゃないんだけど……」

千鶴はそう言い訳しながら、それにしても、なんて静かなんだろうと訝《いぶか》しく思った。

「ちょっと出がけの様子がおかしかったもんだから、本当にそちらに行ったのかしらって思って。わたしの気のせいだったみたい。じゃ、どうも……」

受話器を耳からはずしかけると、裕司の切羽詰まった声が聞こえてきた。

「待って。切らないでくれ」

そう声が言っていた。

もう一度受話器を耳に戻す。

「もしもし？　どうしたの？」

「実は――実はね、滋たち、ここにはいないんだよ。さっき、出ていった……」

裕司の声が妙だった。まるで首を捻《ひね》られかけた鶏のような苦しげな声……。

「どうしたの？　何があったの？」

千鶴は相手に呼び掛けた。

そして、受話器を通して聞かされたのは、今まさに実行に移されようとしている恐ろしい計画のことだった。

「そんな、信じられない。そんなこと……」

千鶴は茫然《ぼうぜん》として言った。

「本当なんだ。あの二人を無理心中に見せ掛けて家に火をつけるって」

「だめよ。そんなこと、しちゃいけない」

千鶴は電話口でそう叫んでいた。

「俺には止められなかったんだ。みんな、人が変わったみたいになっちゃって」

千鶴は最後まで裕司の啜《すす》り泣きのような声は聞いていなかった。

受話器をたたき付けるように置いた。

すぐに止めに行かなければ。

みんな、どうかしている。

もし、あの母子が犯人だとしても、そんなことはしてはいけないことだ。

混乱したまま居間に戻ってきた。

「どうかしたの？」

血相の変わった千鶴の顔を郁江が不思議そうな目で見上げる。

「大変なの。滋さんたちが恐ろしいことをしようとしているのよ——」

どうしていいか分からないまま、千鶴は郁江に裕司から聞いた話を伝えた。

「なんですって」

郁江の顔が蒼白《そうはく》になった。眦《まなじり》が裂けたように目が見開かれた。

郁江のあげた声に驚いたように、テレビの前にいた紗耶が振り返った。

第八章　赤いべべ着せよ……

1

風が出てきた。

加賀史朗はいらいらして絵筆を置くと、傍らのテーブルの上のコーヒーポットからマグカップに濃いコーヒーを注いだ。

コーヒーを口にしながら、イーゼルに立て掛けられたキャンバスを見る。絵はほぼ完成していた。にもかかわらず、どうしても気にいらない。

どこが気にいらないのか自分でもよく分からなかった。どこかが、何かが、間違っている、完成まぎわになって、そんな苛立《いらだ》ちに悩まされていた。

キャンバスから、赤い絹の衣装をつけた等身大のビスクドールが、凍てついた星のような目をして描き手を冷ややかに見詰めていた。

青白い膚《はだ》。ポッカリと開いた目。微《かす》かに歯を見せている赤い唇。肩にかかるブルネットの髪。

それはいつもの気にいりのモデルだった。いつから人形しか描かなくなったのだろう。史朗は思い出そうとした。

絵を本格的に描きはじめた頃は、人並みに人間も風景も描いたことがあった。しかし、出来上がったものは、無残なほど作りものめいていた。まったく血が通ってはいなかった。風景画は、写真をそのままキャンバスに写し取ったような味気無いものだったし、人物はすべて死人のように生気がなかった。

人間や風景のように生命のあるものに接しても、史朗の感情は冷え切っていて、なんの創作意欲もわいてこないのだ。

ただ人形を描くときだけ、モデルに強いシンパシーを感じることができた。とりわけ、ブルネットのビスクドールには激しく心を揺さぶられるものがあった。

ビスクドールの顔は、彼の記憶の奥底に秘められたひとつの顔に重なる。

七歳のときに見た、古井戸からひきあげられた妹の顔。青白い膚。ポッカリと開いた目。小さな歯を見せて薄くひらいた唇。黒い髪が赤いワンピースの肩にかかって……。

あの日、母の背中の陰から見た、妹の遺体は、まるで壊れた人形のようだった。

たぶん、ビスクドールを描くことで、自分はあの日の妹を永遠に描き続けようとしているのかもしれない。

しかし、今度ばかりは何かが違っていた。気にいりの赤い衣装のビスクドールに何のシンパシーも感じられないのだ……。

自分のなかで何かが逆転してしまった。そんな気がした。彼はデッサンブックを取り出すと、それをパラパラとめくった。

人形の顔や手足の克明なデッサンにはさまって、一枚だけ、少女の顔の素描があった。

彼は長いこと、それを見ていた。

そのデッサンには血が通っていた。少女の、子鹿のようなみずみずしい大きな目が生き生きとした輝きを放って、何かを彼に訴えかけていた。

それは記憶の奥底に根をはった妹の顔を押し退《の》けるほど、懐かしい、もうひとつの顔だった。

史朗はパレットナイフをつかむと、キャンバスのなかのビスクドールの顔を削りはじめた。この顔はもうひとつの顔に描き変えられなければならない……。

彼は人形ではなく、人間の少女を描きたいと願っている自分にようやく気がついた。

夢中で絵の具を削っていたときだった。何か物音を聞いた。ガラスの割れるような音だった。

彼はパレットナイフを動かす手を止めた。

なんだろう、今の物音は。母の部屋だろうか。今日はおとなしくしていたのに。またいつもの発作を起こしたのか。

母が癇癪《かんしゃく》を起こして、花瓶でも割ったのか。

彼は溜息《ためいき》をつくと、パレットナイフを置いた。

アトリエを出て、母親のいる部屋に行く。ドアを開けると、道世は、華やかなペルシャ絨毯《じゅうたん》の上に座って、人形を抱いたまま、窓の方を見ていた。

窓ガラスが割れていた。絨毯の上に石が転がっていた。

史朗はその石を拾いあげて、窓の外を見た。庭に人影が見えた。誰かが侵入して石を投げ付けたのだ。

「誰だ」

窓を開けてどなる。人影の逃げる気配がした。男の影のようだ。史朗は、ボンヤリと自分を見上げている道世を残して、部屋を出た。玄関のサンダルをつっかけると表に出た。男の影が門から逃げるのを見た。

それを追い掛けて通りまで出てみたが、影を見失ってしまった。風は唸《うな》り、獣の爪《つめ》のような赤い三日月が暗い雲の隙間《すきま》から見え隠れしていた。

大人の影のようだったが……。

悪戯《いたずら》だったのか。

史朗はそう思いかえすと、踵《きびす》を返した。なんとなく後ろを振り返りながら、玄関のドアを閉める。つっかけたサンダルを脱ぎながら、ふと違和感のようなものを感じた。

何か違う。

玄関の三和土《たたき》に、出るときにはついていなかった泥がついていた。いぶかしく思いながら中にはいる。母の部屋から、「うう」と道世の呻《うめ》くような声がした。

史朗は何気なく、開いたままのドアの隙間《すきま》から中を覗《のぞ》きこんだ。部屋のなかに母がいた。そのそばに一人の女が立っていた。

「誰だ――」

そう言いかけたとき、背後に人の気配を感じ、後頭部に目の眩《くら》むような衝撃を受けた。

彼は真っ暗な穴蔵に落ち込むように意識をうしなった。

2

「あの母子を殺しに行ったというの？」

高村郁江は掠《かす》れた声で言った。

「裕司さんがそう教えてくれたのよ。あの二人を無理心中に見せて殺すつもりだって。そういえば、台所の灯油のポリタンクの蓋《ふた》が緩んで、少し灯油がこぼれていたわ。滋さんが持ち出したのよ」

千鶴は声を震わせた。

「それで、あんなに時間ばかり気にしていたのね……」

郁江が呟《つぶや》く。

郁江も夫の様子がおかしかったことに気が付いていたらしい。

「どうしたらいいのかしら。警察に知らせるべきかしら。滋さんたちがあの二人を殺してしまう前に。彼らを殺人犯にするわけにはいかないわ」

千鶴は頭が混乱していた。

「警察は駄目よ」

郁江が鋭い悲鳴のような声をあげた。顔が蒼白《そうはく》で、目が血走っていた。

「もし、もう事が済んでいたら……」

そうだ。警察は呼べない。滋や尚人を殺人犯として警察に売り渡すことになる。

千鶴はタレントが集まってゲラゲラ笑っているテレビの画面をボンヤリと見た。

あの人たち、何を笑っているのかしら。

そんな妙な考えが頭をよぎった。

テレビの前の紗耶が脅えたような目で、千鶴と郁江を見比べていた。

「そうだわ。あそこにも電話があるはずだわ。まだ間に合うかもしれない。電話で二人に逃げるように言ったらどうかしら?」

千鶴は少し冷静になって言った。

郁江は強張った顔で何も答えなかった。

「この方法だったら、殺人を未然に防ぐことができるかもしれないわ」

「でも――」

郁江が伏せ目になって言った。

「無理心中に見せ掛けるって言ってるなら、そのままにしておいても……」

千鶴は自分の耳を疑った。

「滋さんたちに人殺しをさせてもいいっていうの？」

「これは人殺しではないわ。裁きなのよ。人殺しはあいつらの方だもの」

郁江の目が細くなった。目の中に奇妙な光が宿っている。

千鶴は慄然《りつぜん》として言葉をうしなった。

「ここは下手に騒ぎたてない方がいいと思うわ……」

「見て見ぬ振りをしろというの？　人が殺されかかっているのに？」

千鶴はやっと声を出した。

「だから言ったでしょう？　あいつらは人間じゃないって。わたしたちと同じ人間じゃないのよ。みちるや桜子ちゃんや亜美ちゃんを殺した鬼だわ。鬼は殺さなければいけないのよ……」

「でも、まだあの人たちが犯人だと決まったわけじゃないのよ？　もし、そうでなかったらどうするの？」

「あいつらが犯人なのよ。間違いないことだわ。あいつらが、あの女が、みちるを殺したのよ。わたしのみちるを。たった一人の子供を。さらって、首をしめて、暗い井戸のなかに投げ込んだのよ。どんなに怖かったことか、どんなに寒かったことか」

郁江の口調は静かだった。けっして絶叫しているわけではないのに、千鶴は、今の郁江に何かぞっとするほど危険なものを感じた。それは紅茶に落とした角砂糖がゆっくりと溶けていくように、郁江のなかの何かが静かに崩壊していくのを目の当《ま》たりにしているという感じだった。

「とにかく、滋さんたちに人殺しをさせるわけにはいかないわ」

千鶴はそう言うと、居間を出た。玄関にある電話の所まで行った。電話帳をめくって、カの頁を焦る指先で開く。

廊下を歩くみしみしという足音がした。気配で郁江が台所の方に行くのを感じた。

加賀史朗の名を探り当てると、その番号を見ながら、ダイヤルを回した。

番号を回し終わり、コール音を聞く。

三回、四回、五回……。コール音は鳴り続けていた。まさか、もう――

そう思いかけたとき、背後で郁江の静かな声がした。

「千鶴さん、受話器を置きなさい」

千鶴は受話器を耳にあてたまま、振り返った。

廊下に郁江が立っていた。

「電話を切るのよ」

郁江は一人ではなかった。

腕にしっかりと紗耶を抱え込んでいた。無言で母親を見詰める少女の首筋には、出刃《でば》包丁《ぼうちょう》の切っ先がピタリと突き付けられている。

千鶴の手から受話器が滑りおちた。

3

どこかの部屋で電話が鳴っていた。

高村滋は血のついたレンチをぶらさげて、その音に耳をすませた。白い軍手が血に染まっている。

電話は十数回鳴って、やっと沈黙した。

「死んだのか？」

玄関から入ってきた松田尚人がおそるおそる、廊下にうずくまるようにして倒れている加賀史朗の方を見た。

加賀はセーターの後ろ襟を鮮血に染めて倒れていた。

「どうかな。二回殴っただけだから」

滋は足で倒れた男の肩を蹴《け》るような動作をした。

「灯油、あったわよ」

厚子が奥から、たぶたぶと音をたてて、灯油のポリタンクを重そうに運んできた。

「じゃ、そっちを使おう」

滋はレンチを絨毯《じゆうたん》の上に捨てると、ポリタンクを受け取って、蓋《ふた》をゆるめた。

床に座り込み、ポカンとした表情で三人の侵入者を見比べている年老いた女を囲むように、ポリタンクの中身を少しずつ絨毯にこぼしはじめた。

カーテンにもぶっかけた。

「さあ、早く逃げないと、この部屋は火の海になるぞ」

滋は灯油をぶちまけながら、加賀道世に話しかけた。

「ほんとうは歩けるんだろう？　さあ、早く走って逃げるんだ。そうしないと、ほら、こうなるぞ」

滋は散らばっていた玩具のなかから、ゴム人形を拾うと、片手でライターを取り出した。ライターの火を女の見ている前で、人形の金髪に近付けた。

「ほら、ほら、早く逃げないか。そうしないと、こうなるぞ」

火が人形の髪に燃え移った。

女は獣のような唸《うな》り声をあげて、部屋中を這《は》いずりまわる。

「早く逃げろよ。歩けることは分かってるんだ。その足で子供たちを殺してまわったくせに。分かってるんだ。さあ、歩いてみせろ。みちるを殺したときみたいに、さあ、早く」

そう言いながら、滋は火のついた人形を窓の外に放り捨てた。

女はまだ唸りながら這っていた。

「まさか、本当に歩けないいんじゃないだろうな……」

尚人が不安そうに言った。

「そんなはずがあるものか。この女は歩けるんだ。そうでなければ、誰がみちるを――」

滋の目にかすかな動揺が走った。

「しぶとい女だ。まだ芝居しているんだ」

そう吐き捨てると、女を足蹴《あしげ》にした。そのまま、部屋を出て、ポリタンクの中身を廊下伝いにこぼしながら、突き当たりの部屋に入った。

アトリエだった。顔を剝《は》がされた人形の絵が立て掛けてあった。滋はポリタンクをぶらさげたまま、それを見詰めた。

椅子《いす》の上には、ブルネットのビスクドールが座っている。

赤い服。黒い髪。丸い愛らしい顔。赤い唇。人形のすべてが死んだ娘を思い出させた。

みちるはあの日、赤いスカートをはいていた。

肩までかかる黒いおかっぱ。愛くるしい笑顔。舌たらずなしゃべり方。忘れよう、忘れようとしたすべてが渦を巻いて、滋の脳裏に蘇《よみがえ》った。

しかもコーヒーポットの載ったテーブルには、開いたままのデッサン帳があった。そこには相馬紗耶の、いや、記憶のなかの柏木千鶴の顔があった。

滋はポリタンクの中身をキャンバスにぶちまけた。椅子の上の、棚の上のビスクドールを全部あつめると、床の中央に作った人形の山に灯油を注ぎ込む。

デッサン帳をまるめて、ライターで火をつけた。それを灯油まみれの人形の山に投げ捨てた。

ぼうっと凄《すさ》まじい音がして、人形の山が燃え上がる。紅蓮《ぐれん》の炎が床をなめてイーゼルに移った。炎はキャンバスを見る見る間にめらめらと燃え尽くす。

滋は煙に咳込《せきこ》みながら、急いで廊下に出た。

炎の海と化したアトリエのドアをしめる。

尚人と厚子が転げるように玄関から外に出た。

「アトリエに火をつけてきた。家中に燃え移るのはあっと言う間だ。逃げるなら今のうちだぞ」

まだ部屋のなかに残っている女にそう言い捨てると、外に出る。

「あの女、どうして逃げないんだろう？」

門を走り出てから、肩で息をしながら尚人が言った。

「まさか本当に歩けないんじゃ……」

厚子も不安そうに目をキョトキョトさせた。

「そんなことはない。今にきっと飛び出してくるぞ。そうしたら、これを浴びせて火だるまにしてやる」

滋は自宅から持ってきた灯油の容器を抱え込んだ。

「狂乱した女が息子をレンチで殴り倒して、家に火をつけた。そして、自らも灯油をかぶり、火だるまになって外に出て来た。警察にはそういう風に見えるだろう……」

しかし、玄関から女が走り出てくる気配はなかった。

「ど、どうして出てこないんだ？」

尚人が上ずった声で訊《き》く。

「息子を連れ出そうとしているんだよ。それで時間を取られているんだ……」

そう言いながら、滋の声が震えていた。そうだろうか。本当にそうだろうか。もし、もし、あの女が歩けないというのが本当だとしたら――

黒い空に向かって屋根から白い煙がもくもくと昇りはじめた。

「もう離れた方がいい。そろそろやじ馬が集まってくる頃だ」

滋は身震いして言った。彼を震え上がらせたのは、集まって来たやじ馬に見付かるかもしれないという恐れではなかった。加賀道世が本当に歩けなかったのではないかという、確信めいた考えが突然身内を貫いたからだった。

みちるを殺したのがあの女ではなかったとしたら？

そんなはずはない。他の誰が？

どちらにせよ、もう取り返しがつかない。

もし加賀道世が歩けないとしても、いずれ煙に巻かれて焼け死ぬだけだ……。

4

「受話器を置きなさい」

高村郁江は、紗耶の首に出刃包丁を突き付けたまま、教師が生徒に言うような口調で言った。

「気でも狂ったの？」

千鶴は目の前の光景が信じられなかった。

「受話器を置くのよ」

郁江の声は鞭《むち》のように千鶴の耳を打った。

「言うことをきかないと、こうするわよ」

出刃の切っ先がかすかに少女の首筋をかすめた。一筋の血。紗耶は目を大きく見開いたままだった。

「やめて」

千鶴の方が悲鳴をあげた。

落とした受話器を慌てて拾いあげるとフックにかけた。

「こっちへ来て。滋が帰ってくるまで、おとなしく待っていましょう」

郁江は猫撫《ねこな》で声でそう言うと、紗耶を抱えたまま、居間の方を顎《あご》で指し示した。

千鶴はギクシャクと操り人形のような歩き方で居間に戻った。

「言うとおりにするから、その子を放して」

郁江の神経を刺激しないように哀願した。

「そこに座るのよ」

しかし、郁江はそう言っただけで、紗耶を抱え込んだ腕を緩《ゆる》めようとはしなかった。

「早く座って」

声が高くなった。

千鶴は力が抜けたようにストンとソファに腰をおろした。

「風が吹いているわねえ。この分だと火の回りは早いかもしれないわねえ……」

郁江はガラス戸を揺さぶる風の音に耳を傾け、うっとりとした目で呟《つぶや》いた。

「郁江さん。冷静になって。こんなことをして、みちるちゃんが喜ぶと思ってるの」

千鶴は郁江を説得しようと必死に言った。

「滋さんを犯罪者にしてもいいの？　人殺しにしてもいいの？　たとえ、あの二人を無理心中に見せ掛けるのに成功しても、自分の心を欺《あざむ》くことはできないわ。一生、重荷を背負っていくのよ」

「みちるのために何もしないでいるよりはましだわ」

郁江は厳しい声で言った。

「だけど――」

「わたしはこの日を待っていたのよ。ずっと待っていたのよ」

郁江は歌うような口調で言った。

「みちるを殺した鬼どもが罰を受ける日を。ずっと待っていた。だから、桜子ちゃんや亜美ちゃんに犠牲《ぎせい》になってもらったのよ……」

風が鬼女の啜《すす》り泣きのような音をたてた。

千鶴は自分の耳を疑った。

今、郁江は何と言ったのだろう。桜子ちゃんや亜美ちゃんに犠牲になってもらった？

どういう意味なのだ。

「今、なんて言ったの？」

喉《のど》がカラカラになっていた。

まさか――

恐ろしい疑惑が突然頭にひらめいた。

つけっぱなしのテレビの画面では少女タレントが甘ったるい声をはりあげて歌を歌っていた。

「みちるを殺したのはあの女だわ。わたしには分かっていた。遺体が発見されたとき、義母がそう言ったもの。みちるを殺したのはあいつだって。昔の恨みを晴らしたんだって。義母の言うことはいつも正しかった。それなのに、警察はあの女をつかまえてはくれなかった。罰してはくれなかった。証拠がなかったから。町の人たちもそのうち関心をもたなくなったわ。通りすがりの変質者の仕業だろうってことになって。二十年前と同じように。

でも違うわ。犯人はあの女なのよ。それなのに、半年がたち、一年がたち、みんな、みちるの事件のことなど忘れはじめていた。わたしは許せなかった。でも、もう一度同じ事件が起きれば、みんながみちるのことを思いだすと思った。

だから、最初にココを殺したのよ」

千鶴は全身が痺《しび》れたようになっていた。

頭のなかが空白になった。

ココを殺した？

郁江が？

ということは、山内桜子や深沢亜美を殺したのも――？

「あなただったの？」

そうたずねた声が自分の声のようには聞こえなかった。

どこか遠い所から声がしたように感じた。

「わたしよ。わたしが殺したのよ。桜子ちゃんも亜美ちゃんも。厚子さんや佳代さんにもわたしと同じ思いをしてもらいたかった。自分の子供が殺されれば、あの女を憎むのはわたしだけではなくなる。

それに、桜子も亜美も、わたしは許せなかったのよ。あの日、一年前のあの日、そう、今日のように風の強い日曜日だったわ。あの二人にみちるをお願いねって、あんなに頼んだのに。よく面倒みてあげてね、って。それなのにあの子たちは、幼いみちるを一人ぼっちにしてどこかに遊びに行ってしまった。もし、あの子たちがずっとみちると一緒にいてくれたら、みちるは無事だったのに。あの女に殺されることもなかったのに。桜子も亜美も、わたしの言うことをきかなかった。言うことをきかない子には罰を与えなければならないのよ」

高村郁江は焦点の定まらぬ目で笑った。

狂っている。

千鶴は悪寒とともに直感した。

郁江は一人娘をうしなったショックから立ち直ってはいなかったのだ。

滋は？

滋は知らなかったのだろうか。

自分の妻が狂った殺人鬼だったことを。すべてが彼女の仕業だったことを。

「滋さんは――知っているの？」

「知られてしまったわ。ココを殺したあと、裕司さんの店に電話をかけたのを聞かれてしまったの。あの頃から薄々気が付いていたみたい……」

「それじゃ、あの童歌は——」

「わたしよ。わたしが歌ってあげたのよ。こういうふうに」

郁江は紗耶の首に出刃をあてたまま、歌を口ずさみはじめた。身の毛もよだつ、暗い、老婆のようなしわがれた声で……。

5

「桜子ちゃんは、あの日、お教室でわたしが首を絞めて殺したのよ。忘れ物を取りにきて、紗耶ちゃんがあの観音堂へ独りで行ったと言ったわ。それを聞いて、わたしは我を忘れてしまった。桜子は二度もわたしの言い付けにそむいたのだもの。みちるのときも面倒みてあげてって言ったのに守らなかった。あのときもそう。紗耶ちゃんと一緒に帰ってあげてねって言っておいたのに、それも守らなかった……。

死体は教室の掃除用具をしまうロッカーに隠しておいたのよ。でも、夜中に小学校に忍び込んで、わざと鍵《かぎ》をしめてこなかった教室の窓から侵入して、死体を運び出して焼却炉に移したのは滋だわ」

「――共犯だったの？」

「そうよ。あたりまえじゃない。わたしたちは夫婦だもの。一心同体なのよ」

郁江は晴れやかに笑った。

「わたしが厚子さんの美容院にかけた電話のことで、滋はわたしの仕業だと気が付いたのよ。それで問い詰められて、全部話してしまったの。あのときから、わたしたちはひとつになったのよ。

亜美ちゃんのときは、ちょうど紗耶ちゃんの失踪《しっそう》騒ぎで佳代さんがうちをあけたのを知ってチャンスだと思ったわ。小学校の方を探す振りをして、公衆電話から深沢家に電話をかけたの。亜美ちゃんが出たわ。小学校の裏に呼び出したのよ。紗耶ちゃんのことで聞きたいことがあるって言って。あの時間帯なら亜美ちゃんは家に独りでいるだろうと思ったわ。佳代さんは両親とは別の棟で暮らしていたし、ご主人の帰りはもっと遅いことを知っていたから」

郁江は雄弁だった。

千鶴はぞっとした。

なぜ郁江はこんなことをわたしに話すのだろう。なぜすべて打ち明けてしまうのだろう。

「でも、これでなにもかも終わったわ。みちるを殺した鬼どもは焼き殺されて、わたしの願いは叶《かな》ったのよ。今ごろ、あそこは火の海になっているはずだわ。いい気味。せいぜい苦しんで死ぬがいい……」

郁江は声を殺してくっくと笑った。

「あとは、滋が帰ってくるまで、三人でおとなしく待つだけなのよ」

待ったあとどうなるのだ？

滋が帰ってきたら？

わたしも紗耶もすべて知ってしまった。

わたしたちはどうなるのだろう？

「でも、あとひとつ、厭《いや》な仕事が残っているわね……」

まるで千鶴の心を読んだように、郁江が眉《まゆ》をひそめて言った。

「あなたたちのことよ……」

また風が甲高く唸《うな》った。

「困ったわ。わたしは調子にのってしゃべりすぎたみたい。あなたたちに聞かせてはいけないことまで話してしまったようね。どうしたらいいのかしら……」

郁江は本当に困ったような顔をした。が、すぐに、いいことを思いついたという表情をうかべた。

「でも、この家からあなたたちがふいにいなくなっても、怪しむ人はいないと思うわ。こう答えればいいんだもの。千鶴さんは紗耶ちゃんを連れて東京に帰ったのよって。たいていの人は信じるんじゃないかしら。あなたの伯父さんたちも。やがて、あなたたちのことは誰も思い出さなくなるわ……」

殺される。

千鶴は確信した。

わたしも紗耶も殺される。

郁江は最初からそのつもりで全部話したのだ。滋が帰ってきたら、わたしたちの始末をさせるつもりで。

どうしたらいいんだろう。

紗耶を取られていては手も足もでない。

下手な動き方をすると、紗耶の首にあの出刃が突き刺さるのだ。

郁江はいざとなったら躊躇《ちゅうちょ》しないだろう。

すでに二人の子供を殺している女は、ためらうことなく、バターにナイフを突き刺すように、やすやすと娘の首に刃をあてるだろう。

何か投げ付けてめくらましをする?

そのすきに逃げられないだろうか。

千鶴は目であたりを見回した。が、テーブルにもソファにも投げられるものは何もなかった。

ああ、わたしは何をしているのだろう。

何もできずに、共犯者の帰ってくるのを待っていなければならないのだろうか。

滋が帰ってくれれば、わたしたちの命は確実になくなる。二人がかりでは助かりようがない。

逃げ出すとしたら、郁江がひとりでいる今しかないというのに。

そう必死に考えながらも、千鶴は金縛りにあったように動けなかった。

ただ頼みの綱は紗耶自身だった。

包丁を握った郁江の手はちょうど紗耶の口のそばにある。あの手に嚙《か》みつけないものだろうか。

千鶴はふとそう考えた。

郁江がひるんだすきに逃げ出すことはできないだろうか。

千鶴は紗耶の目を見詰めた。

噛みつくのよ。その女の手に。
いつかわたしの手を噛んだように。
思いきり噛みつきなさい。
口には出せない。郁江に悟られてはならないのだ。
目で必死に訴えた。
紗耶の恐怖に見開かれた目が母親の目をまばたきもせずに受け止めた。
口には出せない言葉が心を通じて流れていった。
紗耶の目に奇妙な色が浮かんだ。
と、思った瞬間、小さな猛獣の子のように、紗耶は郁江の手に歯をたてていた。
包丁が音をたてて床に落ちた。
今だ。
郁江が顔をしかめて手を押える。
「逃げるのよ」
千鶴はそう叫んでソファから飛び上がった。
郁江が包丁を拾おうと身をかがめる。
とっさに包丁を足で蹴《け》った。

紗耶が母親を待つように戸口で立ち止まった。

「馬鹿。早く逃げるのよ」

そう叫ぶと、千鶴は追いすがろうとする郁江に組み付いていった。

郁江は細い体から想像もつかない力で千鶴を突き飛ばした。まるで、目には見えない何かが郁江に取り憑《つ》いているような力だった。

千鶴は床に尻餅《しりもち》をついた。

そのすきに郁江は包丁を取りに行った。

千鶴は素早く起き上がり、紗耶が逃げていったドアを閉めると、後ろ手にそのドアを押えこんだ。

「どきなさい。どかないと刺すわよ」

郁江は包丁を握ったまま言った。

「どくもんですか。死んでもこのドアは開けないわ。あの子に指一本触れさせない」

紗耶さえ逃げればいい。

わたしはどうなってもいい。

千鶴はそう思った。

玄関の開く音を聞いた。

そうよ。逃げるのよ。遠くへ。もっと遠くへ。

だが、次に聞こえてきたのは悲鳴だった。

紗耶の声だ。

何があったの？

千鶴はぎょっとしてドアを開けると、廊下に出た。

玄関の三和土《たたき》に高村滋がいた。

滋の両手が暴れている紗耶の体をしっかりと押え付けていた。

6

「あなた、その子をつかまえて。逃がしては駄目よ」

郁江の勝ち誇った声がした。

千鶴はその場にがっくりと膝《ひざ》を折った。

遅かった。一足遅かったのだ。

「どうしたんだ？」

暴れる子供の体を羽がいじめにしながら、包丁を持って立っている妻の姿に驚いたように、滋は目を剝《む》いた。

黒いジャンパーが灰のようなもので汚れていた。

「全部知られてしまったのよ。二人ともここから出すわけにはいかないわ」

郁江が言った。

滋の目に暗いものが走った。

千鶴は体から力が抜けてしまったような感じがした。もう抵抗する気力をなくしていた。

郁江に突き飛ばされるようにして居間に戻された。紗耶を引きずるようにして滋も入ってきた。

「うまくいったの？　あいつらを片付けてくれた？」

郁江はまるで父親にお土産をねだる子供のように、目を輝かせて夫にたずねた。

「ああ。うまくいった。今ごろは二人とも焼け死んでるだろう。それより、なぜ千鶴ちゃんが知ってしまったんだ？」

「裕司さんから電話で聞いたのよ。あなたたちがやろうとしていることを。それで、千鶴さんがあいつの所に電話をかけようとしたんで、わたしがとめたの。あいつらに教えて逃がそうとしたんですもの。そんなこと、させてたまるもんですか。とめるにはこうするしかなかったのよ」

郁江は再び紗耶を抱え込むと、その喉元《のどもと》に包丁を突き付けた。

「もうそんなことをする必要はないだろう」

滋は妻から包丁を取り上げようとしたが、郁江は渡さなかった。ちょっと驚いたような色が滋の目に浮かんだ。

「血が出てるじゃないか」

おぞましげに紗耶の首を見てから、滋は非難するように妻を見た。

「たいした傷じゃないわ」

「しかし――」

うろたえた顔で滋は千鶴を見た。

「千鶴ちゃん。こうするしか、しかたがなかったんだよ。たしかに僕たちのやってきたことは犯罪だ。だが、相手はもっと凶暴な犯罪者なんだ。このまま野放しにしておいたら、第四、第五の悲劇が起きただろう。尚人の息子や紗耶ちゃんだって無事で済まされなかったんだ。それを防ぐにはこうするしか――」

突然、郁江の甲高い笑い声が滋の言葉を遮った。滋はぎょっとしたように妻を見た。

「あなた。もう、そんな嘘《うそ》をつかなくてもいいのよ。さっき、言ったでしょう。千鶴さんは全部知ってしまったって。全部よ。全部知ってしまったのよ」

郁江はそう言うと、また笑いはじめた。

「全部って、まさか――」

滋の顔が見る間に蒼白《そうはく》になった。

「そうよ。何もかも郁江さんが話してくれたのよ。ココや桜子ちゃんや亜美ちゃんを殺した犯人が本当は誰かってことも」

千鶴は捨鉢《すてばち》な口調で言った。

「なぜ？」

滋は少女を抱えこんだまま、まだ笑っている妻に激しく詰めよった。

「なぜだ？　なぜ話してしまったんだ？　何もかもが水の泡じゃないか。なんのために、あいつらの家に火をつけてきたと思ってるんだ。みんな、おまえのやったことを隠すためじゃないか。あいつらのせいにして、おまえを護《まも》るためじゃないか。あいつらがおまえの罪を着て死ねばすべてがおさまると思ったからじゃないか」

郁江は夫に責めたてられながら、まだ笑っていた。

「そんなにうろたえることではないわよ。知ったのは町の人じゃないわ。そこにいる二人だけよ。しかも、二人はここから出られないわ。簡単に始末のつくことだわ……」

郁江は夫の目を覗《のぞ》きこみながら言った。

「始末のつくことって、おまえ――」

滋の声が震えた。

「二人がいなくなっても、誰も怪しまないわ。夜のうちに東京に行ったとでも言っておけば。死体はどこか人目のつかない所にでも埋めてしまえばいいし」

「まだ足りないのか。まだ子供を殺したいのか。紗耶ちゃんを養女にできるなら、もうやめるって言ったじゃないか。明人君には手を出さないって。だから、僕が尚人の家に忍び込んで――」

「しかたがないじゃない。もう話してしまったんだから。千鶴さんは全部知ってしまったんだから。二人には死んでもらうしかないじゃないの。それとも、あなた、厭《いや》なの？そうなのね。千鶴さんを殺すのが厭なのね」

郁江の目に獰猛《どうもう》な炎が燃え上がった。

「わたし、知ってるのよ。気が付かないとでも思ったの。あなたが何を考えていたか。千鶴さんと紗耶ちゃんをうちに引き取ってどうしようと思っていたか。わたしが知らないとでも思っていたの？」

「何を言ってるんだ。二人と暮らしたいと言い出したのはおまえの方じゃないか」

「でも、あなたはすぐに賛成したわ。まるで自分もそうしたいと考えていたように」

「それは、その方がおまえのためになるかもしれないと思ったからだ」

「わたしのためですって。嘘《うそ》ばっかし。笑わせないでよ。あなたはいつかわたしを追い出して千鶴さんと一緒になりたいと願っていたくせに。ずっと彼女のことが好きだったくせに。でも、もう無理ね。千鶴さんはわたしたちのことを知ってしまった。一緒になんか暮らせないわ。二人にはこの世から消えてもらうしかないのよ」

「そうか。そうだったのか。それで、おまえは……」

滋はソファに座り込むと、頭を掻《か》き毟《むし》った。

郁江の甲高い笑い声が爆発した。

「さあ、どうするの。どうやって、二人を始末するの。あなたにはそうするしか道はないのよ」

やがて、滋は何かを決心したように顔をあげた。げっそりとこけた頰《ほお》を両手で撫《な》でる。

「分かった。おまえの言うとおりにしよう。しかし、刃物は使うな。血を流すのはまずい。痕跡《こんせき》が残るし、死体を処理するときにも何かと不便だ」

千鶴は魂が抜けてしまったような気持ちで、滋の冷酷な声を聞いていた。

「どうするのよ。首をしめるの？」

「そうだな……。とにかく、刃物は使わない方がいい。だから、それをこっちに貸しなさい」

滋は立ち上がって妻のそばに行くと、優しく包丁を取り上げようとした。

「わたしを騙《だま》すつもりじゃないでしょうね？」

郁江の目が猜疑《さいぎ》心に燃えて夫を見詰めた。

「なに、言ってるんだ。そんなものを使う必要はない。おまえが怪我をしたら大変だ。さあ、貸して」

じっと自分の顔を見詰めている妻の手の指を一本一本こじあけるようにして包丁を取り上げた。

その瞬間だった。

「早く逃げろ」

滋は紗耶を千鶴の方に突き飛ばすようにして、そう叫んだ。

何が何だか分からなかった。

ただ懐《ふところ》に飛び込んで来た娘を抱き締め、滋が自分たちを逃がすつもりなのを知った。

「早く」

滋がまた叫んだ。夫に裏切られたことを知った郁江の顔が絶望で歪《ゆが》んだ。目が吊《つ》りあがり、夜叉《やしゃ》の顔になった。

「裏切り者。あなたやっぱり――」

夫の手に渡った凶器を取り戻そうと、郁江は髪を振り乱してむしゃぶりついていった。

千鶴は紗耶の手をつかむと、ドアを開けた。

そのときだった。

呻《うめ》き声がした。

思わず振り返ると、滋と郁江が殆《ほとん》ど抱き合うような恰好《かっこう》をしていた。異様な抱擁だった。二人が抱き合っているのではなく、滋が郁江を刺したと分かったのは、次の瞬間だった。郁江の体から包丁の刃が抜き取られた。と同時に、郁江はみぞおちのあたりを両手で押えたまま、ずるずると夫の胸からずり落ちていった。

白い指の隙間《すきま》から、見る間に赤いものが溢《あふ》れ出す。

血に濡《ぬ》れた凶器をぶらさげたまま、滋は、足元にうずくまった妻を茫然《ぼうぜん》と見下ろしていた。

郁江の血まみれの手が夫のズボンをしっかりとつかんだ。

「早く。何をしてるんだ。早く出ていくんだ」

滋は戸口の所で足が竦《すく》んだように立ち尽くしていた千鶴たちをどなりつけた。

「出ていけ」

その声はまるで獣を追い立てる鞭《むち》のように空気を震わせた。

千鶴はもう迷わなかった。紗耶の手を握り締めて廊下を走った。

7

彼は包丁を手にしたまま、風の音を聞いていた。頭のなかにも風が吹きすぎる。

「あなたはやっぱり――」

足元で妻が囁《ささや》いた。

彼は足を動かそうとした。が、妻の血まみれの手が離すまいとしっかりとズボンの裾《すそ》をつかんでいる。

「離してくれ……」

「厭《いや》よ。どこへも行かせないわ」

郁江はしゃがみこんだまま、夫の顔を見上げ、ニヤリと笑った。

童女が掌のなかのものを見せるような不思議な笑顔だった。

「どこへも行かないよ。持って来たいものがあるんだ」

彼は上の空で答えた。

「何を？」

「ちょっとしたものさ」

「嘘《うそ》よ。そんなこと言って逃げるつもりでしょう。お義父《とう》さまがお義母《かあ》さまから逃げたみたいに。あの女のあとを追うつもりなんでしょう。わたしを捨てあの女と暮らすつもりなのね。わたしには分かっていた。最初からあなたの考えていることくらい。あの女がこの町に戻ってきたときから……」

「おまえは間違っている。なにも分かってない。なにも分かってないよ……」

彼は疲れた声でそう言うと、妻のそばにしゃがんだ。

「間違ってなんかいないわ。あなたはわたしを騙《だま》したじゃないの。あの女を助けるためにわたしを刺したわ」

妻はあえぎながら言った。

彼は包丁を放り捨てると、血に濡《ぬ》れた手で妻の顔をはさんだ。

「ほら、何も分かってない。おまえを刺したのは、彼女を助けるためじゃない。お、い、い、い、を助けるためだ。彼女のことなんて何とも思っていない。幼なじみの一人にすぎない。おまえ生きようが死のうが知ったことじゃない。でも、おまえにもう罪は犯させたくなかった。

だから、刺したんだ。頼む。ちょっと、この手を離してくれ」

彼は妻の手を優しくズボンから引きはがした。グレーのズボンに血の跡が残った。

「救急車を呼ぶの？」

「いや」

「わたしを見殺しにするのね。出ていって戻ってこないつもりね……」

「戻ってくるよ」

彼は立ち上がった。

「あなたは戻ってこないわ」

叫ぶような声を聞きながら、彼は部屋を出た。廊下を歩いて台所に入った。灯油を入れたポリタンクを提げると、また廊下を戻ってきた。

部屋に入ると、瀕死《ひんし》の妻はにっこり笑った。

「戻ってきたの？　それともまたどっかへ行くの」

不安そうに訊《き》く。

「どこへも行かないよ」

彼はそう言いながら、ポリタンクの中身を部屋中にばらまきはじめた。

「何をしているの？」

「油をまいているのさ」

「どうして？」

「もういらないから」

最後にカーテンにもたっぷりと含ませた。

容器を空にすると、それを放り投げた。

容器はカランと音をたてた。

彼はジャンパーのポケットをさぐってライターを取り出すと、カーテンに火をつけた。油を吸った布は小気味良いほどめらめらと燃え上がる。

彼はしばらくこの上なく美しい炎を見詰めていた。

そして、ジャンパーのジッパーをおろした。

妻のそばに戻り、転がっていた包丁を取り上げる。それを、妻の血まみれの手にしっかりと握らせた。

「何をするの？」

「いいから、しっかり握って」

彼は包丁の柄を力なく握った妻の手に自分の手を添えた。包丁の切っ先を上に向ける。

「戻ってきただろう？」

妻の目を覗《のぞ》きこみながら、切っ先めがけて自分の全体重をかけた。妻が傷を負った位置と同じ所にそれは深々と突き刺さった。

彼は痛みを感じなかった。

熱く鈍く重いものがずしりとみぞおちに落ちてきた、そんな感じだった。

体を起こして、刃を抜き取るときの方が痛みを感じた。頭に稲妻が走ったような。

みぞおちから血が溢《あふ》れ出る。鉄錆《さび》の血の匂《にお》いが鼻をつく。彼は妻の体を力いっぱい抱き締めた。みぞおちから流れる血が妻の流した血に混じる。ゆっくりと目を閉じ、部屋が真っ赤に燃え上がるのを瞼《まぶた》に感じた。

8

夜の道を若い母と子は手をつないで歩いていた。赤い三日月が雲に隠れた。風だけが木々を揺さぶって吹き過ぎていく。

闇《やみ》が隠してくれたが、はたから見ると異様な二人づれだった。

二人とも裸足《はだし》で、幼い娘は泣きじゃくっている。母親の方は蒼白《そうはく》な顔に髪を振り乱し、唇をきっと結んで前だけを見て歩いていた。

高村の家を出てから一度も振り返らなかった。ただ闇雲《やみくも》に走り、ようやくとぼとぼと歩きはじめたのだった。

どこへ行こうか。

千鶴は疲れた頭でボンヤリと思った。

逃げることしか頭になくて、行き先も決めてなかった。

警察?

伯父の所?

どちらにも行きたくなかった。

「いつまで泣いてるのよ」

母は娘を叱《しか》った。

それでも娘は泣きやまない。今までこらえていた分がいっきに爆発したように、よくまあこんなに涙が出るものだと、感心するほど根気よく泣いていた。

めったに泣かない子だけに、いったん泣き始めると、体の中の水分を全部涙にして出し尽くしてしまわないと気が済まないらしい。

泣きたいのはこっちだわよ……。

千鶴はなんだかもの悲しい滑稽《こっけい》さを感じてそう思った。

紗耶が高村滋の腕のなかでもがいているのを見たときは、身が凍りついたような気がした。

もうおしまいだと思った。

二人とも殺される。そう観念した。

ところが、最後のどたん場で、滋は妻を裏切った。郁江を刺してまで、自分たちを逃がそうとしてくれたのだ。

二人を逃がすということが彼にとって何を意味するかを知りながら。

わたしはそれほどまでに愛されていたのだろうか。

千鶴は自分に問い掛けた。

彼の妻が邪推《じゃすい》し、嫉妬《しっと》したように。

彼が妻を裏切り、彼自身の人生を破滅させてもいいと思ったほどに。

そうではない。

千鶴は皮肉な気持ちで首を振った。

わたしは彼の目をまともに見てしまった。

最後に見たその目には愛情のかけらもなかった。

冷ややかで排他的だった。

滋は最初、「逃げろ」と言った。でも、次に言った言葉は、「出ていけ」だった。

その声と目はまるで獣を檻《おり》に追い立てる猛獣使いのようだった。

彼はわたしを助けようとしたのではなく、他者《よそもの》として追い出そうとしていたのだ。

わたしと紗耶をあの家から追い出して、早く、最愛の妻と二人きりになりたかったのだ。

微塵《みじん》のうぬぼれもなく、千鶴はそう思った。

長い間、千鶴の記憶のなかにあった、思い出すたびに白湯《さゆ》を飲んだような暖かい気持ちになる存在はあとかたもなく消え去った。

高村滋は完全に消えさっていた。

兄を思わせる優しい笑顔も言葉も、すべて、千鶴のものではなく、もう一人の女、彼の妻のものになってしまったことを千鶴ははっきりと感じ取っていた。

やはり二十年の歳月は音もなく流れていたのである。

苦い認識だったが、心のどこかで、ひどくさばさばした気持ちでそれを受け止めている自分にも気付いていた。

彼らはどうなるのだろう?

ふとそう思ったが、どうでもいいような気がした。彼らには彼らだけの世界があって、もうわたしには踏み込めない。

千鶴たちを逃がしたあとで、高村滋が何をしたのか、もう考えたくもなかった。

本当はあの夫婦が真犯人だったんです。

そう叫んで警察に飛び込む自分の姿も想像してみたが、おぞましいと感じただけだった。

彼らを裁くのは彼ら自身だ。

犯罪者を真に裁くことができるのは、警察や裁判所などという組織ではなかった。

「どこへ行こうか」

千鶴は妙に呑気《のんき》な声で娘にたずねた。まるで散歩にでも出てきたようなことを言って、と千鶴は自分をわらった。

「おじさんのところ」

やっと泣き疲れたのか、紗耶はハナ水を啜《すす》りあげながら言った。

「おじさん？」

高村滋のことだろうか。千鶴はぎょっとして娘を見た。

「おじさん、焼け死んだってほんとう？」

すぐに合点がいった。加賀史朗のことを言っているのだということを。

そうだ。彼らはどうなったんだろう。彼と彼の母親は……。

滋はあの母子を焼き殺してきたと言っていた。としたら、あの家は今頃……。

千鶴は決心した。あそこへ行ってみよう。

もう遅いのかもしれないけれど。

とぼとぼと歩いていた足がまた駆け足になった。


息をきらして、母と子は坂道を上った。キナ臭い臭《にお》い。もうこのあたりから緊迫した空気を感じた。やじ馬らしい人の気配もある。

裸足《はだし》で歩く二人を、行きかう人が奇異な目で見た。

「あの、何かあったんですか」

千鶴はたまりかねて、向こうから来た年配の男をつかまえてたずねた。

「この先で火事があったんですよ。もう消し止めたけどね。この風でしょう。あたりに火の粉が飛ぶんじゃないかとはらはらしたが、なんとか被害はあの家だけでくい止めたようだ……」

男はいくぶんほっとしたような口ぶりだった。

「それで、家の人は？」

千鶴は畳み掛けた。

「ちょっと頭のおかしな女とその息子が二人で住んでいたようだが、なんでも、母親の方が息子を道づれに無理心中を図ったらしい。息子を殴り倒して、火をつけたとかで」

それは違う。違うのよ。

千鶴はそう言いかけてやめた。

「二人とも駄目だったんですか」

「母親の方は駄目だったようだ。足が不自由だったようだからね。でも、息子の方は外に運び出されたとき、まだ息があったらしい。さっき救急車で運ばれていったよ」

「助かったんですか」

千鶴は悲鳴のような声をあげた。

「頭にひどい傷を負っていたし、火傷《やけど》もしていたからね、病院に運ばれてもはたして助かるかどうか――」

「助かるわ」

千鶴はそう叫んでいた。

助かるわ。絶対に助かる。

不思議な確信が身を貫いた。

相手の男はやっと目の前の女の異様な風体《ふうてい》に気が付いたように、千鶴の裸足《はだし》の足元から乱れた髪のてっぺんまでジロリと見回した。

そして、薄気味悪そうな目をして離れていった。

病院へ行かなければ。

この町で一番大きな病院といえばあそこしかない。

千鶴はふいに自分にとって何が大切なのか分かった気がした。

そして、霞《かす》みがかかっていたように思い出せないことを突然思い出したのだ。

あの日、二十年も昔の小学校の校庭の片隅で、高村滋に石をぶつけられる直前、加賀と千鶴が何をしていたか。

加賀は宝ものを見せるように、そっと掌を開けた。そこには蟬《せみ》の抜殻があった。夏を封じ込めた宝石のような蟬の抜殻が。

千鶴はやっと自分の心の奥底に長い間ひそんでいたものに目を開いた。

なぜこの町に戻ってきたのか。それは、あの日、貰《もら》い損ねた、あの宝石のような蟬の抜殻をもう一度手にするためではなかったか。

千鶴はまた走りはじめていた。
病院に向かって。
でも、その前にどこかで靴を買わなければなどと思いながら。

エピローグ

女は曼珠沙華《まんじゅしゃげ》の揺れる石段を見上げて立っていた。

そのまま通りすぎようと思いながらも、石段の上に存在する何かが声なき声でしきりに女を呼んでいた。

「昇ってこい。この石段を昇って、わたしに会いにこい」と。

それは何百年も生きてきたような暗く深い女の声だった。

女は足が竦《すく》んだように動けないまま、もっと若い頃にもこれと全く同じ経験をしたことを思い出した。

やっぱり、この道を通るんじゃなかった。この道を通れば、必ずこの石段を昇りたくなる。そんなことは分かっていたはずなのに……。

そう思って、二十年以上も我慢してきたのに。魔がさしたとしか思えない。ついにこの道を通ってしまった。

女はあたりをうかがい、ためらい、しかし、あらがいがたい力に導かれて石段を昇りはじめた。

十月の、悲しいほどに澄み切った秋の空が頭上に広がっている。

なにもかもがあの日と同じだった。

凶々《まがまが》しいまでに美しい曼珠沙華の赤を瞼《まぶた》の裏に焼き付けて、女は息を切らして石段を一足ずつ昇っていった。

若い頃は息も切らさず昇りきれた石段が、永遠に続く責苦《せめく》のように思われた。

わたしはまた夢を見ているのかもしれない。そう、これはわたしがいつも見る夢だ。わたしが死ぬまで解放されない恐ろしい夢。石段を昇る足が妙にフワフワとして雲の上を歩いているようで心もとない。あの夢のなかの感じとそっくりだ……。

夢なのだからいいのだ。この石段を昇っても。石段を昇りきった観音堂のそばに、赤い服を着た幼女がいる。しくしくと泣きながら曼珠沙華の化身のように立っている。

わたしは幼女に近付き、こう問い掛ける。

「どうしたの？」

「みんな、どっかへ行っちゃったの」

幼女はそう答える。

「それじゃ、おばさんと帰りましょう」

そう言うと、その子はコクンと頷《うなず》いて、にっこりとそれこそ花が開いたように笑うのだ。

その無心な美しい笑顔がわたしの胸を掻《か》き毟《むし》る。わたしは……。わたしは子供のあんな笑顔は見たくない。笑うのはやめて。わたしを見て、そんな風に笑うのは……。

「おうちへ帰るのよ」

わたしはそう言って、花首《はなくび》のように白く細い首に手をかける。花を手折るように、祈りをこめて、ゆっくりと両手に力をいれる。

「おうちへ帰るのね?」

女の子はまた笑う。

笑わないで。そんな無邪気な目で笑わないで。

祈りつづけながら、笑みが消えるまでわたしは力を入れ続ける。

いつもそこで目がさめる。恐怖がわたしの目をさまさせるのだ……。

わたしは死ぬまでこの夢を見つづけるのだろう。見つづけなければならないのだろう。

この夢はわたしの死んで生まれた子が見せる夢なのだ。

そしてわたしから夫を奪っていった女の娘が見せる夢なのだ。

わたしは一度だけ、夫が密かに通っている女の家をつきとめて、こっそり見に行ったことがある。垣根を覗《のぞ》くと、ささやかな庭に、二つか三つになる、赤い服を着た幼女が遊んでいた。

わたしの子供は、わたしの女の子は死んで生まれたというのに。同じ父親をもちながら、あの女の子はあんなに元気に可愛《かわい》く育っている……。

赤い服を着た女の子は大嫌い。わたしの胸をズタズタに切り裂くのだもの。

やっぱり、これはいつもの夢なのだ。

石段を昇ったところに、赤い服を着た幼女がいた。ひとりぼっちで泣いている。年上の子供たちに置いてきぼりにされたのだ。

女の子はわたしの姿を見ると、泣きやみ、にっこりと笑った。

なにもかもが同じ。わたしもほほえみながら幼女に近付いた。夢のなかでそうするように……。

「どうしたの？」

そうたずねると、子供はいつもの夢の科白《せりふ》を言った。

「みんな、どっかへ行っちゃったの」

「それじゃ、おばさんと帰りましょう」

幼女はコクンと頷《うなず》いた。

「おうちへ帰るのよ」
「おうちへ帰るのね？」
幼女は嬉《うれ》しそうに笑った。
わたしは幼女の首に手をかけた。いつもの夢のようにゆっくりと力をいれる。
ゆっくりと、ゆっくりと……。
子供の顔から笑みが消えていく。
ここで目がさめるのだ。
でも――
夢はさめなかった。
わたしの手のなかにはまだ子供の細い首がある。
なぜ？
これはいつもの夢でしょう？
なぜさめないの？
「――ばあちゃん」
子供が最後の息でそう呼んだ。
おばあちゃん？

わたしはおばさんよ。おばあちゃんじゃないわ。

女の意識が一瞬覚醒《かくせい》した。

女は、年老いた女は、朽ちかけた境内に茫然《ぼうぜん》と佇《たたず》んでいる自分に気が付いた。

二十二年前と同じ姿勢で。ぐったりと動かなくなった幼女の首に手をかけたまま。

女は子供の顔を見た。それが誰なのか知った。夢の中の女の子ではなかった。

しかし、女の意識は再び濁っていった。

女は現実を自分のなかから締め出した。

またゆっくりと夢の中に戻っていく。

これは死んで生まれたわたしの子だ。死んで生まれた子供はわたしの中に戻してしまおう。そうすれば、また生まれてくることができるもの……。

女は子供を抱き上げた。暗く深く暖かいところにこの子を戻そう。もう一度生まれてくるために。

おうちへ帰るのよ……。

高村多喜子は孫の体を抱くと古井戸の方に歩いていった。

あとがき

この作品は、かつて、「通りゃんせ殺人事件」（双葉ノベルズ）という無粋なタイトルで一度世に出したものです。文庫化にあたって、かなり思い切った加筆と訂正を試みました。登場人物やストーリーそのものはノベルズ版と殆ど変わっていませんが、ノベルズ版では、タイトルにもあるように、「通りゃんせ」という童謡が作中で重要な役割を果していたところを、文庫版では、思い切って、「ことろ（子とり鬼）」という童謡に変えました。「ことろ」というのは、「通りゃんせ」同様、古くから伝わる子供の遊戯歌です。親役の子供のうしろに子供たちが列をなしてつながり、鬼役の子供が列の一番うしろの子供をつかまえるという遊びです。この遊びについては、地方によって様々なバリエーションがあるようで、とりあえず、関東地方で遊ばれていた（らしい）やり方を採用しました。一つお断りしておきますが、作中に出てくる童謡の歌詞には、一部、作者の創作が加えられております。

今邑　彩

『赤いべべ着せよ…』一九九五年八月　角川ホラー文庫

中公文庫

赤《あか》いべべ着《き》せよ…

2012年7月25日　初版発行
2021年6月25日　再版発行

著　者　今《いま》 邑《むら》 彩《あや》

発行者　松 田 陽 三

発行所　中央公論新社
〒100-8152　東京都千代田区大手町1-7-1
電話　販売 03-5299-1730　編集 03-5299-1890
URL http://www.chuko.co.jp/

ＤＴＰ　嵐下英治
印　刷　三晃印刷
製　本　小泉製本

Published by CHUOKORON-SHINSHA, INC.
Printed in Japan　ISBN978-4-12-205666-4 C1193

各書目の下段の数字はISBNコードです。978－4－12が省略してあります。

中公文庫既刊より

い-74-5
つきまとわれて
今邑彩
別れたつもりでも、細い糸が繋がっている。ハイミスの姉が結婚をためらう理由は別れた男からの嫌がらせだった。表題作の他八篇の短篇集。〈解説〉千街晶之
204654-2

い-74-6
ルームメイト
今邑彩
失踪したルームメイトを追ううち、二重、三重生活を知る春海。彼女は、名前、化粧、嗜好までも変えて暮らしていた。呆然とする春海の前にルームメイトの死体が？
204679-5

い-74-7
そして誰もいなくなる
今邑彩
名門女子校演劇部によるクリスティー劇の上演中、連続殺人は幕を開けた。台本通りの順序と手段で殺される部員たち。真犯人はどこに？　戦慄の本格ミステリー。
205261-1

い-74-8
少女Aの殺人
今邑彩
深夜の人気ラジオで読まれた手紙は、ある少女が養父からの性的虐待を訴えたものだった。その直後、三人の該当者のうちひとりの養父が刺殺され……。
205338-0

い-74-9
七人の中にいる
今邑彩
ペンションオーナーの晶子のもとに、二一年前に起きた医者一家虐殺事件の復讐予告が届く。常連客のなかに殺人者が⁉　家族を守ることはできるのか。
205364-9

い-74-14
卍《まんじ》の殺人
今邑彩
二つの家族が分かれて暮らす異形の館。恋人とともに訪れたこの家で次々に怪死事件が。謎にみちた邸がおこす惨劇は、思いがけない展開をみせる！　著者デビュー作。
205547-6

い-74-15
盗まれて
今邑彩
あるはずもない桜に興奮する、死の直前の兄の電話。十五年前のクラスメイトからの過去を弾劾する手紙――ミステリーはいつも手紙や電話で幕を開ける。
205575-9